副刊文丛

主编 李辉 王刘纯

色香味居梦影录

姜威 著

胡洪侠 编

中原出版传媒集团
中原传媒股份公司
大象出版社
·郑州·

图书在版编目(CIP)数据

色香味居梦影录/姜威著;胡洪侠编.—郑州:
大象出版社,2018.6
(副刊文丛/李辉,王刘纯主编)
ISBN 978-7-5347-9544-2

Ⅰ.①色… Ⅱ.①姜… ②胡… Ⅲ.①随笔—作品集
—中国—当代 Ⅳ.①I267.1

中国版本图书馆 CIP 数据核字(2017)第 268536 号

色香味居梦影录
SEXIANGWEI JU MENGYING LU

姜 威 著 胡洪侠 编

出版人	王刘纯
项目统筹	李光洁 成 艳
责任编辑	徐清琪
责任校对	李婧慧
封面设计	段 旭
内文设计	杜晓燕

出版发行 **大象出版社**(郑州市开元路 16 号 邮政编码 450044)
　　　　 发行科 0371-63863551 总编室 0371-65597936
网　址 www.daxiang.cn
印　刷 北京汇林印务有限公司
经　销 各地新华书店经销
开　本 787mm×1092mm 1/32
印　张 10
版　次 2018 年 6 月第 1 版 2018 年 6 月第 1 次印刷
定　价 42.00 元
若发现印、装质量问题,影响阅读,请与承印厂联系调换。
印厂地址 北京市大兴区黄村镇南六环磁各庄立交桥南 200 米(中轴路东侧)
邮政编码 102600 电话 010-61264834

"副刊文丛"总序

李 辉

设想编一套"副刊文丛"的念头由来已久。

中文报纸副刊历史可谓悠久,迄今已有百年。副刊为中文报纸的一大特色。自近代中国报纸诞生之后,几乎所有报纸都有不同类型、不同风格的副刊。在出版业尚不发达之际,精彩纷呈的副刊版面,几乎成为作者与读者之间最为便利的交流平台。百年间,副刊上发表过多少重要作品,培养过多少作家,若要认真统计,颇为不易。

"五四新文学"兴起，报纸副刊一时间成为重要作家与重要作品率先亮相的舞台，从鲁迅的小说《阿Q正传》、郭沫若的诗歌《女神》，到巴金的小说《家》等均是在北京、上海的报纸副刊上发表，从而产生广泛影响的。随着各类出版社雨后春笋般出现，杂志、书籍与报纸副刊渐次形成三足鼎立的局面，但是，不同区域或大小城市，都有不同类型的报纸副刊，因而形成不同层面的读者群，在与读者建立直接和广泛的联系方面，多年来报纸副刊一直占据优势。近些年，随着电视、网络等新兴媒体的崛起，报纸副刊的优势以及影响力开始减弱，长期以来副刊作为阵地培养作家的方式，也随之隐退，风光不再。

尽管如此，就报纸而言，副刊依旧具有稳定性，所刊文章更注重深度而非时效性。在新闻爆炸性滚动播出的当下，报纸的所谓新闻效应早已滞后，无法与昔日同日而语。在我看来，唯有副刊之类的版面，侧重于独家深度文章，侧重于作者不同角度的发现，才能与其他媒体相抗衡。或者说，只有副刊版面发表的不太注重新闻时效的文章，才足以让读者静下心，选择合适时间品茗细读，与之达到心领神会的交融。这或许才是一份报纸在新闻之外能够带给读者的最佳阅读体验。

1982年自复旦大学毕业，我进入报社，先是编辑《北京晚报》副刊《五色土》，后是编辑《人民日报》副刊《大地》，长达三十四年的光阴，几乎都是在编辑副刊。除了编辑副刊，我还在《中国青年报》《新民晚报》《南方周末》等的副刊上，开设了多年个人专栏。副刊与我，可谓不离不弃。编辑副刊三十余年，有幸与不少前辈文人交往，而他们中间的不少人，都曾编辑过副刊，如夏衍、沈从文、萧乾、刘北汜、吴祖光、郁风、柯灵、黄裳、袁鹰、姜德明等。在不同时期的这些前辈编辑那里，我感受着百年之间中国报纸副刊的斑斓景象与编辑情怀。

行将退休，编辑一套"副刊文丛"的想法愈加强烈。尽管面临新媒体的挑战，不少报纸副刊如今仍以其稳定性、原创性、丰富性等特点，坚守着文化品位和文化传承。一大批副刊编辑，不急不躁，沉着坚韧，以各自的才华和眼光，既编辑好不同精品专栏，又笔耕不辍，佳作迭出。鉴于此，我觉得有必要将中国各地报纸副刊的作品，以不同编辑方式予以整合，集中呈现，使纸媒副刊作品，在与新媒体的博弈中，以出版物的形式，留存历史，留存文化，便于日后人们借这套丛书领略中文报纸副刊（包括海外）曾经拥有过的丰富景象。

"副刊文丛"设想以两种类型出版，每年大约出版二十种。

第一类：精品栏目荟萃。约请各地中文报纸副刊，挑选精品专栏若干编选，涵盖文化、人物、历史、美术、收藏等领域。

第二类：个人作品精选。副刊编辑、在副刊开设个人专栏的作者，人才济济，各有专长，可从中挑选若干，编辑个人作品集。

初步计划先从20世纪80年代开始编选，然后，再往前延伸，直到"五四新文学"时期。如能坚持多年，相信能大致呈现中国报纸副刊的重要成果。

将这一想法与大象出版社社长王刘纯兄沟通，得到王兄的大力支持。如此大规模的一套"副刊文丛"，只有得到大象出版社各位同人的鼎力相助，构想才有一个落地的坚实平台。与大象出版社合作二十年，友情笃深，感谢历届社长和编辑们对我的支持，一直感觉自己仿佛早已是他们中间的一员。

在开始编选"副刊文丛"过程中，得到不少前辈与友人的支持。感谢王刘纯兄应允与我一起担任丛书主编，感谢袁鹰、姜德明两位副刊前辈同意出任"副刊文丛"的顾问，感谢姜德明先生为我编选的《副刊面面观》一书写序……

特别感谢所有来自海内外参与这套丛书的作者与朋友，没有你们的大力支持，构想不可能落地。

期待"副刊文丛"能够得到副刊编辑和读者的认可。期待更多朋友参与其中。期待"副刊文丛"能够坚持下去，真正成为一套文化积累的丛书，延续中文报纸副刊的历史脉络。

我们一起共同努力吧！

2016年7月10日，写于北京酷热中

目 录

姜威是谁？　　　　　　　　　　　　　黟丰　1
姜威的书　　　　　　　　　　　　　胡洪侠　6

卷一　书乡来去

云是鹤家乡
　　——送邓云乡先生归乡　　　　　　　　3
我和云乡公合伙儿做"生意"　　　　　　　8
何其稀缺何其宝贵
　　——邓云乡先生冥诞十周年祭　　　　　14
江山故宅空文藻　重温尺牍喑行公
　　——张中行致叶圣陶、周汝昌书札七通　　22

却道天凉好个秋	36
不着边际的追悼	
——兼为金性尧先生送行	39
手抄的青春	44
前尘书事成云烟	49
我的两次自作聪明	60
生活在别处	66
无心小筑主人	69
"野"破"第"惊逗秋水	72
给女弟子译那古老的歌谣	75
跟马家辉兄"谈情说爱"	78
自是人生长恨水长东	81

翡翠青蛙	84
记忆未必可靠	87
现在谁还看《金瓶梅》呀	91
由"经"而发的"不经之论"	94
花榜·花选·选美	97

卷二 前尘梦影

文坛仙葩	103
舞台明星	123
佳人逸事	143

卷三　色香味居

忽如一夜春风来	159
大隐隐于"色"	163
做一场夜雨润花的美梦	166
有一个词叫作"惆怅"	169
女人就是用来爱的	172
"女"字从头说	175
女人香	179
美丽的错觉	183
想当年我恋爱的年月	186
美丽的痴呆	189

"开始"	192
嘴有千千吻	195
浪漫的季节……	198
浪漫就是海哭的声音	201
美女与臭鸡蛋	204
肉体三重天	207
把自己洗干净就行了	210
偶像与呕相	213
嫁给钱	216
把低级猥谈者拉出去……	219
男人都哪里去了?	223
"你上床了吗?"	227

郑重建议	230
荡气回肠	233
搓衣板	236
黄色的不白之冤	240
荤昏的婚礼	243
茂陵秋雨病相如	246
谁是报纸征婚第一人？	250
嫉妒	254
仓庚鸟煲汤疗效如何？	257
总算出了一股恶气	260
怕老婆	263
封建帝王有人性吗？	266

当女人做了皇帝　　　　　　　　　　　269

我们再和姜威聚聚（代跋）　　　　　272

姜威是谁?

黟 丰

2011年11月初,去美国出差前,我到医院看望姜威。那时他的状况其实已经很不好了,每天大多数时候都在昏睡中。我去看他的时候,他难得地醒来了。握手的一瞬间,我惊讶于他的手还是如常般的温暖。我叮嘱他,要他好好休养,等我回来。他艰难地回答我"放心",还用力握了一下我的手。现在回想起来,这是他对我唯一一次没有兑现的承诺。11月7日,刚到洛杉矶，就接到张清的电话，姜威走了……

一晃五年多了，时间并没有抹平姜威走后留下的缺憾。每年清明和姜威的忌日自不必说，平时朋友们聚在一起时，明明没有谈到姜威，但过后总觉得是在心照不宣地刻意回避这个伤感的话题。这种下意识的自我心理暗示，强化了我们对姜威的思念。姜威自己说过："不读其文而悼念文人，对逝者而言，说是亵渎未免言重，但距诚敬实在太远。追悼流为应景，还不如沉默。"《色香味居梦影录》的出版，仿佛是给我们郁结于胸的情绪开了一个出口，秀才人情书一卷，除此之外，我们还能做些什么呢？

姜威的文字辨识度很高，乍看玩世意味，其实功力很深。他写与文化老人的交往，至情至性之中不乏灼见真知，兼具史料与月旦之价值；写民国轶事，可见其广泛涉猎、博征旁引、爬梳剔抉的功夫；写书蠹生涯，尽显爱书人的快乐和辛酸，每每引起同道中人的共鸣；写情色男女，道尽豁达通透的人生感悟。他能把床笫之欢写得雅驯，把庸常俗事写出境界，也能把考据索引的文字写得妙趣横生，这既是功底，也是胆识，更是心性。重看姜威的这些文字，好像又回到了一起胡吹神侃、把酒高歌的无忧岁月。掩卷沉思，却是无尽的唏嘘。

姜威是谁？一言难尽。认识他的，无须介绍；不认识的，无从介绍。只要与他打过交道，无论喜不喜欢，都会承认，他的个性极其鲜明。喜欢的尽可以喜欢，不喜欢的不必强求，姜威从来就不是八面玲珑的人，所谓性情中人大致如此，无关好坏，不涉美丑，只一个字——"真"。

有人说他爱书，堪称书痴，爱到极致，自己动手"做"书；有人说他爱酒，酒酣之际，才气逼人，实属当代酒仙；有人怀念他的魏晋风度，嬉笑怒骂，大俗大雅；有人记得他的才子气质，博闻强记，出口成诵；有人喜爱他的江湖豪情，侠肝义胆，仗义疏财；有人欣赏他的铁汉柔情，自比登徒，风流倜傥……都说自古文人相轻，姜威似乎是个例外，圈子里的文化人，无论男女老幼都喜欢他。能说出来的好像都不是理由，那究竟是什么吸引着大家呢？认真回想一下，姜威这些年也是真能折腾，体制内外来回倒腾，一言不合挂冠而去，突发奇想下海经商，酒喝了不少，钱没挣几毛，不靠谱甚至荒唐的事还真没少干，但一点儿也不影响他的"江湖地位"。细究起来，恐怕在于他做什么事都是率性而为。你能看到他有太多的任性、执着、天真、孟浪，却丝毫没有计较、圆滑、算计、苟且。他做了很多我们想做却不能做、不敢做、做不到的事，说了很多我们想说却不能说、不敢说、说不出的话。及至今日，斯人已去，再用对错来评价他的所作所为，显得十分苍白。但他那种活泼泼的真性情，不就是千百年来中国文人的理想人格吗？他似乎是从中国古代穿越而来的，像一面镜子，照出了当代人精神层面的卑微。在这个物质主义泛滥的时代，我们每个人或多或少都能从他身上感受到想要却无从获取的特质。

我们悼念姜威，其实是在悼念我们自己：悼念那些曾经燃烧却无端消退的青春激情，悼念那些未曾实践就已在骨感的现实面前夭折的理想，悼念那些在蝇营狗苟的名利场中难觅踪迹的不以物喜不以己悲的情怀，悼念那些"精致的利己主义者"从来不屑的不为五斗米折腰的风骨,悼念那些不骄不淫无可名状的纯粹的浪漫。

在这个喧嚣浮躁的逐利时代,把姜威当作一个文化符号,借此表明我们并未麻木沉沦、随波逐流,我们知道什么样的生活才是应当过的生活。理想就在这儿,美就在这儿,离我们并不遥远。

2017年2月18日

姜威的书

胡洪侠

百多年来,中国报纸副刊召唤出一代又一代"副刊分子"。这些人散落各界,或身在媒体,或栖于校园。他们有话想说时,首先投书副刊;接到副刊稿约时,则踌躇满志,欣然命笔,悉应所请,毫不含糊;收到当日报纸后,直奔副刊而去,仿佛去得迟了,悦目图文会变成恼人的时事;心眼既到,先看自己的大作是否登载,再瞧哪位文友又写了什么妙文,然后一一看去,点头复摇头，乃至心潮澎湃，又提笔撰文，要争它个是非高下……

我的朋友姜威，即是这浩荡"副刊分子"队伍中的一员。他生于1963年，20世纪80年代在哈尔滨生活时即开始和副刊缠绵，90年代南下深圳，先是在《深圳特区报》《深圳商报》副刊上随谈书人书事，后扎根《深圳商报》副刊《文化广场》，风中扯旗，开疆拓土，赫然一员猛将。其文长短不拘，庄谐并出，说男道女，忽而为老先生护驾，忽而为新城市代言，常出惊人之语，铸成自家面目。其人交游广阔，南北通吃，尤喜和文化老人交接，与风流才子为伍，随兴开席，呼朋唤友，吟诗诵文，每每通宵达旦。时至2011年，姜威忽染恶疾，一病不起，遐迩惊悼，满城惜别，叹惋哀痛之声，迄今不绝。

姜威很看重自己的副刊文字，2000年之前所作诸文，皆编入《一枕书声》问世流传，之后陆续有作，却未及编集公开出版。病中他倒是自编自印了一本《情欲色香味》，收文90篇，但也颇有遗漏。关于这两本书的来龙去脉，他自己有文字说得明白：

> 吾挚友胡洪侠主深圳商报《文化广场》笔政期间，余以近水楼台，举凡扯淡文字，亦得溷迹于万象诸大爷之列，俨然亦一爷也。实则余之为文，以玩世始，亦将以不恭终。若无好友徇私，盖难彰乎公器也。上世纪经大侠经手刊发之文字，复由北京彭程兄收入"绿阶读书文丛"，由大象出版社出版，只印五千，卖了十多年，固为友人脸上抹灰也。唯近两年复又经大侠关照，开辟《色香味居》专栏，再扯十多万字咸淡。敝帚自珍，然已无当年死乞白赖之发表欲矣，理为一集，即以自办之"色香味书局"名义，向香港康乐文化署申请统一书号，自印五十部以飨好友。今岁余恶疾缠胸，痛苦不堪，禁酒戒色，更觉生趣枯竭，制作是集，乃稍起佳兴，亦兼得药饵之效也。

如今我替他编这本《色香味居梦影录》，即是把他

2000年之后的文字稍加整理,分为三卷。其中二、三两卷皆为专栏。昔日这两个专栏开张时,他都写过简短序跋,坦露为文初衷。关于《前尘梦影》专栏,他说:

> 民国有太多个性鲜明的奇女子,虽然来如春梦,去如朝云,但她们用姿彩曼丽的人生情节氤氲出来的万种风情,却总是剪不断,理还乱。对60年代出生如我者,那一种风情是真正的前尘梦影,今生今世,绝无亲身雅遇的可能。这种遗憾的况味实在有些悲凉:寻寻觅觅的执著,轰轰烈烈的爱恋,蓬蓬勃勃的激情,都哪里去了呢?人到中年,六根沉寂矣。逝者如斯,唯于故纸堆中倩取红巾翠袖,揾傻子泪耳。

至于《色香味居》专栏,经由各类男女话题,终归于"赞美女人"一途:

> 男女关系,这四个染着绮思艳想的字眼,包含

了太多苦涩的社会内容和凄凉的个体情感经验，像个咬一口倒三天牙的柠檬……人人有本难念的经啊，甚至家家有本血泪账呢。前台是风花雪月，幕后是血色浪漫；醉去是衣香鬓影，醒来是无边空虚。无羁的感官享受，彻底的人性舒展，至善至美的灵肉合一，对大多数人来说，只是不着边际的一帘春梦而已。既然没有本事治愈别人的内伤，那就不该去碰人家的疤痕；至于自己的隐痛，就更不能拿出来折磨别人。那么，我说什么呢？只好走取巧一路：赞美女人。

世事果然自有因缘。姜威的第一本书当年即由大象出版社出版，而今李辉兄编"副刊文丛"，慨允姜威文字加盟其中，而出版者依然是大象出版社，姜威有灵，当左手拍案右手举杯高呼"缘分哪"！李辉2010年来深圳讲学，与姜威和我小聚，当时姜威已时时疼痛在胸，却人人不明缘由。那天我们高谈快论，忘乎所以，白酒喝尽，红酒接踵，直喝得黑夜更黑，快乐更快。

李辉回酒店呼呼大睡入梦乡,浑不知自己手机正遗落他乡,以至于众人星夜万呼不应,只好上演一场凌晨寻人大接力。种种情状,此刻想来,犹如梦影。这本《色香味居梦影录》,自是姜威痴恋书人情事之梦影,而今我们重读重温,则又在姜威梦影中复见挚友亲朋相与相知之梦影。写至此处,惊觉笔下已成白日说梦之局,欲举杯一醉,惜对面无人,起身望窗外:山海朦胧,天将黄昏。

2017 年 3 月 15 日

卷一

书乡来去

云是鹤家乡

——送邓云乡先生归乡

大约20天前,邓云乡先生自浦西延吉四村"水流云在新屋"来电,说正在编150万字的《邓云乡文集》,俟杀青后,拟来深圳盘桓几日,散散心。我说:"您干脆来这儿过年吧。"答曰:"不成,最近血压高。"但先生声音洪亮,底气很足,没一点坏兆头。所以,当我听到"水流云在"人去室空的噩耗时,简直无法相信,对着话筒"啊呀啊呀"地大叫两声,就不知说什么好了。

固知一死生为虚诞，齐彭殇为妄作，悲夫悲夫！

云乡先生是2月9日中午12时许在上海新华医院辞世的，享年75岁。死因或云是肺癌，或云是心脏包衣破裂，连医生都没弄明白。一介学人，宜乎于此，也就不必深究了。事实是，一位博闻强记、民俗百科全书式的知识分子在连他自己都没有一点心理准备的情况下，突然去了另一个世界。尽管如此，我的震惊仍大于悲痛。因为既自以心为形役，奚惆怅而独悲？云乡先生原名云骧，自改云乡，他是把云彩看作精神故乡的吧？云虽然漂泊，但气象万千，多姿多彩，宜乎鹤栖。云乡公此行，虽不复返，总是安息于真正的水流云在之乡了。那里没有耻辱，没有罪恶，然则我们何必要以悲伤的心境为一位解脱了的老人送行呢。

我与云乡公相识五载，往来密切。我往沪，住他的"水流云在"；他来深，住我的"色香味居"。我庆幸自己的福气，因为耳濡目染，学到了很多知识和为人之道。如陈从周先生所说，云乡公博极群书，而且又如宗懔之爱岁时，元老之梦华胥，一心留意京华故事，风俗旧闻，详征博引，溯本求源。

他的笔下，叙岁时，记年事，说礼仪，谈服饰，讲古董，言官制，道园艺，论工艺，兼及顽童课读，学究讲章，"太上感应"，"八股"陈腔，道士弄鬼，红袖熏香，茄鳌鹿肉，荷包槟榔，至琐至细，无不包藏。而云乡公都能说得头头是道，洋洋大观，娓娓谈来，令人听之津津。作为晚辈，能与如此大家相交忘年，幸何如之！云乡公的音容笑貌，从此不再矣！写到这里，不禁悲从中来！静夜难眠，找出先生的来信，重读之下，思念之情深沉而生。我摘抄一些片段，想和熟识并尊敬云乡公的朋友们，在想象中再与先生小聚一会儿；寄托了我们的哀思之后，再悄悄地送他老人家西归云乡。

……弟最近写完《王府井十个早晨》长文，2.5万字；编一本随笔集，名《黄叶谭风》，以三年前电视台《夕阳红》节目对话开头,编入原《厂甸》《食肆》等旧文,以"王府井"文放在最后,自世纪初到世纪末的北京点滴均可见矣。上海秋意渐浓,见洪侠兄文章提到弟之秋景秋心,究竟秋之感觉在景乎?在心乎?忽有词意,得《双红豆》半阕,容日凑成,墨笔抄了寄上。(1996年9月1日来信)

……我近日身体尚可,月初应徐城北兄之约,去杭州楼外楼五日,吃住玩均好,只是我不能饮酒。陆文夫、唐振常等老兄,能喝能吃,顿顿五粮液、酒鬼、茅台,十分有味,我未免吃亏……城北兄约了一本《楼外楼小品》,10万字,但月底就要;赵丽雅约一本2万字小册子,题是《中国民居》,大约几十种,还要翻英文,不知哪家出,也很急……北京新华出版社新出《春雨青灯漫录》,书已到,日内当从邮寄上……(1997年11月17日来信)

……1月3日两次鼻血,乃不幸中之大幸。盖动脉血管硬化,随时随地有破裂之可能,破在鼻中,虽鲜血淋漓,尚无性命之虞。如破在食道、消化道中，则不堪设想矣。据闻北京汪曾祺即因此仙去。1967年8月间，家严也因消化道大出血，在协和两日即去世，倘是自己步行到医院看病，因之弟亦十分后怕也……（1998年5月29日来信）

（云乡公去年元旦来深，拟往香港讲学，住在我家，3日凌晨忽流鼻血，当即取消一切活动，当天即打道回府。——笔者注）

（原载1999年2月14日《深圳商报》副刊《深圳周末·新潮阅读》）

我和云乡公合伙儿做"生意"

1996年,我和邓云乡先生一度成了"合伙人",以深圳为基地谋划了一单"文化生意"。这单"生意",打了半年雷,落了几滴雨,地皮还没湿,就偃旗息鼓,悄然收兵了。

故事是这样的:我们合作的"生意"全名叫作"深圳文化经纪人代理南北学人笔单"。当时,我和一有钱人在深圳办了一家搞文化的公司。有钱人是想靠文化赚点钱或赚点文化的钱;而我的意思是把有钱人的钱多花点在文化和文化人身上，说白了就是想打着文化的幌子帮文化人弄点酒钱。我把这番意思跟云乡公说了，他连说好好好，可以做点有益的事。于是，我就聘请云乡公做了我所在文化公司的顾问。

之所以想到"代理南北学人笔单"的点子，是基于这样一个潜在商机：附庸风雅是某一特定人群的迫切需求。比如说，这群人的客厅里摆满了金箔做的"一帆风顺"，当然还有一柜子"路易十三"等。但是所有这一切并不能驱散主人心头的隐憾，要是在这金翅金鳞中间悬上一幅名家题款的字画，主人在接待客人时才能"为之四顾，为之踌躇满志"。因为"金翅金鳞"是主客都不缺的，只有在书画品位面前才能一决高下。就这样，我愣是在这群人的客厅里慧眼看出了巨大的商机。显然，客厅主人未必都能和字画名家直接挂上钩，而我能，因为我认识邓云乡先生。

马上写信给云乡公，将我的创意描述得前程辉煌、"钱"景无限，大大激发了云乡公作为一个社会活动家的激情。或我去他上海的水流云在室，或他来我深圳的色香味居，几度密谋，数番推敲，一单"文化生意"被立了项。委托我们代理笔单的学人主要由云乡公推荐，都是他老人家的好朋友。旅居日本东京的文化怪才靳飞老弟闻讯也主动帮我联系了他的"关系户"，确定了如下名单：顾廷龙、钱仲联、王世襄、王元化、吴祖光、李铎、欧阳中石、梁树年、张幼丞、王西野、杜宣、吴小如、周汝昌、邓云乡、袁行霈、许宝骙、张生、许图南、王华、周退密、徐城北、杭青石、田遨、吴柏森、喻蘅、石迅生，等等。

1996年五六月间，为落实此事，我拿着云乡公的八行笺，飞北京拜见了顾廷龙、吴祖光、梁树年、吴小如等；飞上海拜见了王元化等；赴苏州拜见了钱仲联、王西野等。在广泛征求了意见后，我向老先生们发出了授权申请及合同函件，其词曰：

敬启者：

为弘扬祖国传统文化，服务社会服务学人，拟开展代理南北学人书画笔单业务，敬请先生委托本公司代理书画笔单，成为本公司此项业务之基本代理笔单学人。广结翰墨因缘，以飨社会各界仰望之诚，并得砚田耕耘之乐，取不伤廉，余资买醉，惠及亿众，笔墨流芳。谨具短简，用奉高明。

专肃恭请台安

由于云乡公的面子，名单中的学人全部给予鼎力支持。考虑到操作方便，我们代理的书画种类主要以小品为主，如诗笺册页、斗方、扇面、条幅立轴、横幅、手卷、匾额榜书、屏条、写影、画像等，篆刻则石章、铜章、玉章之属皆可。据云乡公开具的润例，小品书件每件500元，小品画件每件600元，可见当时学人书画润格确实是"取不伤廉"，余资也仅够"买醉"而已。

明眼人不难看出，我和云乡公谋划的这单"生意"，是一件意义大于利益的买卖。如果你是一个相信艺术的潜移默化功能的人，请想象一下：一个整日沐浴在"金翅金鳞"中的人，偶然附庸一下风雅，每天在书画艺术的光辉中滋养几分钟，久而久之，他那大而无当的眼珠子，很可能被滋养出一丝哪怕是不易察觉的灵性光芒。总之，这是一项让一部分人先文化起来的事业，唯一的缺点就是几乎无利可图，而且前期规模宏大的广告策略需要一笔数目可观的银子来支撑。由于我无法向有钱人说清楚投资回报周期和利润前景，我们这单有意义的"生意"在"万事俱备只差银子"的节骨眼儿上"寿终正寝"了。我无法向那些年届耄耋的文化老人交差，只好跟云乡公在书信中苦笑："有钱人的钱，实在是太难弄了，想干一件有意思的事，谈何容易呀！你老人家跟那些老先生编个理由解释一下吧。"云乡公复信在深表理解的同时也备觉遗憾。他说，其实学人的书画作品中涵纳着比单纯书画家更深长的意蕴和更珍贵的文物价值，如周氏兄弟、胡适、陈寅恪等，他们的往来书信都已经成为收藏家眼中的拱璧或手中的镇斋之宝。但学人致力于学问，书画乃其余事，学术的月色掩夺了艺术的星辉。假如有一位眼光独到的儒商，肯花钱做做类似笔单代理的中介，使学人的手泽广被天下，滋养荒芜的园地，氤氲大片的新绿，肯定会有始料不及的欣喜收获。

人生易老，转眼就是八年，云乡公远行也已快六年，委托我们代理笔单的学人中，如顾廷龙、钱仲联、吴祖光等也驾鹤西去了。今天，《文化广场》的编者拿出一方素洁的版面，祭奠他的老作者云乡公的诗魂，命我忆写先生与深圳的因缘，心香三瓣，感慨万千，首先就想到我们爷俩儿合伙做的这单早夭的"生意"。翻出当年和云乡公往还的书信，厚厚的一叠，竟有些泛黄，不免有人琴俱亡之痛，伴着一种老成凋谢的感伤。

（原载2004年12月18日《深圳商报》副刊《文化广场》）

何其稀缺何其宝贵

——邓云乡先生冥诞十周年祭

一

我与邓云乡先生于1996年相识,那时他老人家在读书界(姑且这么说)声誉正隆,我常常向人以炫耀的口吻谈及我们的"忘年交",其实夸大了彼此相知的程度,借名人自重,虚荣大于真情。先生远行之后,也曾应《文化广场》编辑之约,写过几篇纪念性文字,现在看来，笔下仍然充满沾光其死后哀荣的意味。

前天听友人相告，说2月9日是先生的忌辰，心里陡然一惊：自己对这位渐行渐远的老人，已然近乎淡忘了。联想到自己每对他人所发关于人情冷暖、世态炎凉的感慨，反照本身的麻木漠然，内心深感羞愧。

然而先生可亲可敬的音容笑貌，从此纷呈迭出在脑海里，很多往来的细节竟是异常的清晰。先生的遗泽，惠我多矣，姑且不论从他老人家书中汲取的营养，单就一般人认为最俗的方面说，比如他赠我的自书条幅斗方、吴湖帆的扇面、周退密的山水等，如今在拍卖场上都已价格不菲。而我，除了做出一大堆不靠谱的张致外，其实并没为老人做过什么有意义的事情。马齿日增，知今是而昨非，深感愧对老人。写这一篇祭文的时候，我才发现自己其实对先生的学识所知甚少，此非谦辞。以往每与先生往来，因其平易，不容侍坐；如今面对先生遗墨，悟其精博，必须仰视。先生之文，妙在识"小"，自琐细中觉悟人生真趣，于平凡中领略浓郁诗情。然则此文趣步夫子，就写点琐细罢了。

二

邓云乡先生1999年2月9日中午12时许在上海新华医院辞世，享年75岁，距今整整十年了。如今他老人家长眠在上海市青浦区外的福寿园。据说此处是目前国内一流的园林艺术陵园，坐落在国家级旅游区佘山、天马山和淀山湖之间。此处有青山绿水、茂林繁花，确是一处绝佳的风水宝地。先生生前所坐的那把藤椅，以铜灌注，立在墓旁，藤椅上还随意地摆放着一叠纸、一支笔。

我七年前去上海，曾前往墓园拜祭，顺道拜访了先生的"邻居"，查当天日记，还记有这些"邻居"的名字：蔡元培、曹聚仁、曹天钦、陈洁如、陈望道、邓丽君、范长江、顾维钧、赖少其、芦芒、潘汉年、乔冠华、沈尹默、苏渊雷、汪道涵、程之、上官云珠、阮玲玉、余纯顺、金焰、苏渊雷、章士钊、张慧冲、丁善德，等等。

在这座墓园，我还看到了这样的文字：

人生在这里定格

欲望在这里虚空

牢骚在这里终结

思想在这里升华

历史在这里沉淀

文化在这里凝聚

灵魂在这里净化

福寿在这里延续

园里园外,判若云泥啊。先生终于在死后进入了水流云在之乡。云乡,不啻一句谶语。

三

2004年1月至2005年1月,河北教育出版社陆续出版了《邓云乡集》。文集出版后,有位名叫韩三洲的读者,给《工人日报》写了一篇稿子,题为《为什么又是邓云乡?》。

文章说:"十年前,一读者买到邓云乡著《文化古城旧事》后，发现约35万字的该书中存在文字毛病竟有100多处。孰料，在邓云乡先生辞世五年之后，河北教育出版社出版了共计16种17册的《邓云乡集》，仅其中《红楼识小录》里的错误就达100多处。大部分是人名、书名、地名错误，以及不该发生的历史常识错误，如把'倭刀'作'矮刀'、把'康熙'作'康煕'等。早有人提倡编辑应该是'杂家'，尤其是对编校像邓云乡这样的学者的著作来说，除责任心外，还需要有更多的文史素养才行。同样的编辑错误，为什么两次发生在邓老先生的书上？"

依目前的情形，文集再版恐怕是痴人说梦，因此那百出的错漏也就依然赫然。

先生有位乡友名韩府，写了一本20万字的《邓云乡传》，2007年杀青，看来付梓的希望也无限渺茫。

联想到先生墓旁的藤椅及其上的纸和笔，"水流心不竞，云在意俱迟"的境界，大打折扣了。

四

"秀才人情纸半张",这是先生生前常说的一句话。他走到哪里,都要随身带着印章,即兴赋诗撰联,随时濡墨挥毫,无字不精,有求必应。

先生在上海电力学院任教,供电所的负责人为给建所80周年添彩,商请先生为撰80字的长联,先生满口答应,很快撰成交卷。其词云:

> 神州锦绣,浦西浦东;上海开埠,现代文明;声光电化,日异月新;张家浜畔,艰苦经营;抗日烽火,人民胜利;几经曲折,东海潮起;九十年代,老人南巡;浦东开发,世界震惊;迎新世纪,责任在肩;明珠照耀,电力当先。

有趣的是,过了不久,先生又赠这位负责人一幅墨宝,上书:"不解蒙庄与梦蝶,如来一步一莲花。"受赠者百思不解其意,欲躬亲讨教,则先生已驾鹤西归矣。

先生写给我本人的对联，只有两副，但我手头却珍藏着八副。那是1998年冬，先生来深圳小住，屈尊寒舍，某夜乘兴挥毫，写了八副对联，要我分头送给深圳的几位求字者。将题款时，一时没有找到记着受赠人名字的纸条，于是暂存我处，待找到纸条题款后再送。谁知此次别后，永远不归矣。

五

查百度，"邓云乡"词条有760条，查谷歌有近400条，乍看颇不寂寞，细察其实孤独。文山字海中，我觉得只有止庵的一篇《世间已无邓云乡》见识通透，把先生的文化地位阐述得恰如其分。止庵说：

> 他（邓云乡）系直接承继知堂之一路写法，即所谓"草木虫鱼"者——所著专有《草木虫鱼》一册，斯可谓"发扬光大"也。邓氏有关鲁迅日记和《红楼梦》之作，尚且依傍原著，近乎笺疏之类；后来写《燕

京乡土记》《文化古城旧事》,则纯然自立门户,可与古来此方面之名著如孟元老《东京梦华录》、吴自牧《梦粱录》、周密《武林旧事》、顾禄《清嘉录》和富察敦崇《燕京岁时记》等相提并论。在他笔下,再现了无数已经逝去的普通生活。依我之见,这两本书与《鲁迅与北京风土》《红楼识小录》和《红楼风俗谭》,同为邓氏毕生杰作,前有古人,后无来者。即便其自家他种著述,亦难比肩。

诚哉斯言!先生的杰出之处,正在于"识小",扭住细节不放,从细节里再穷追细节的细节。在口号大于行动、形式大于内容、战略大于战术、抽象大于具体、忽悠大于实在、虚伪大于真诚的背景下,这种"细工"显得何其稀缺、何其宝贵!就不肖如我者而言,怀念先生的最好方式,就是从今而后,全力"识小",珍重细节,让荒芜的灵魂生出花草,让粗糙的情感变得细腻。

(原载 2009 年 2 月 9 日《深圳商报》副刊《文化广场·阅读》)

江山故宅空文藻　重温尺牍喑行公

——张中行致叶圣陶、周汝昌书札七通

《流年碎影》页697有云:"我也印过一本自选集,名《张中行选集》,来由则不是通行的一路。那是90年代初期,有个在深圳工作的年轻读者,说我的作品可读,可是印装都不佳,于是他发愿,在香港给我印一本豪华的,少数,不卖,算作笔耕多年的纪念。主意已定,让我供稿。我想,既然作为纪念,而且豪华,内容的分量就宜于重,于是稍微想想就决定编选集。工程较大,

得范锦荣女士的帮助，终于编成……想不到排校完毕，到香港去豪华有了波折，考虑一下，改变计划，即由内蒙古教育出版社印装，不豪华，发卖，于1995年出版。"

按此所谓"在深圳工作的年轻读者"，即区区在下也。此书策划出版经过，一言难尽，宜于具文别述。而因编此选集之故，我于1994年初进京与行公面商出版事宜，商洽地点即在行公位于祁家豁子的新居。某日午饭后，在行公书房兼卧室闲谈，偶见书柜一角累放几捆用橡胶筋扎住的尺牍，其最上者毛笔字一望可知是叶圣老手笔，就顺手拿起来欣赏，表情中必有喜爱之意。又见一方竹刻臂搁，乃是柳如是题望海楼楷书楹联"日毂行天沦左界，地机激水卷东溟"，也拿起细看，并赞不绝口。行公当时并无表示，继续闲话出书之事。待一应事项谈完，我准备回深，去行公府上辞行，行公递给我一大档案袋，说送你留个纪念吧。此时我已一脚门里一脚门外，行色匆匆，竟未打开细看，道谢后即辞出。回深开启视之，乃一叠书信，中有行公留笺云：

"姜威君过茅茨似甚喜柳如是书望海楼楹联墨迹,即检出拓片以赠,并一束往来书札,一并奉送,以为纪念。"前辈高风,有如是者,岂不令后生小子肃然动容!

信札一束,乃行公与叶圣陶、启功、隋树森、吕冀平、蔡超尘、王芝九等学界前辈往还之什,行公写信,辄先草稿,再具庄书,俟回信至,便将草稿与回信共置封中,并于信封背面标明收到日期,点滴间可窥前辈治学谨严之一斑。行公已返仙乡,悼惜之余,又检出这束书札细读,作书者均已成为古人,而尺牍一体亦久为电脑所取代,如国学大师间往来书札更是"广陵散"了。施蛰存公尝云:"我是20世纪的人,不属于21世纪。"这一代人,随着行公远行,健在者岂称凤毛麟角,直是沧海一粟矣(此借用行公信中语句),"广陵散"真的绝响了!

兹理董行公往来书札数通,皆作于20世纪70年代,乃当代史上最特殊的年代,从中可管窥当年高级知识分子的日常生活和思想动态。与叶圣老通信中涉及凤阳干校、唐山大地震等史实,可参读行公《流年碎影》

一书；与周汝昌通信谈曹雪芹画像学案，参见行公著《横议集》中相关文章，即可一目了然。人琴俱亡，江山故宅空文藻；雪泥鸿爪，一缕暖色淡凄寒。想喜欢行公文字的朋友，亦应有感于斯文。

      丙戌二月初二草于色香味居灯下

张中行致叶圣陶（1974年3月16日）

圣翁先生赐览：

  不亲眉宇，忽已八易寒暑，岁月易得，逝者如斯。晤隋树森先生，阅报，知道履清佳，可谓德者必泰，是祷是颂。

  后学于六九年秋往干校学习，其间蜗居迁西郊小女处，七一年春干校结业，户口移津郊武清县。乡中无亲故，只身面壁，间或不便，故仍多往京居。散漫无业，甚感闷损。尝忆昔年，侍先生左右，得谆切导谕之惠。昔人一饭之思，终生不忘，况拜先生明德之赐乎？屡欲登门问安，深以扰琐清暇为恙。故草此数行，实不足表积愫于万一也。

肃此敬颂福履安康

后学张中行拜上

三月十六日

张中行致叶圣陶（1974年3月23日）

圣翁先生赐览：

恭读手示，如亲馨欬。僻处郊垌，阴阳暌隔，得先生片语只字，即拜德乳之惠矣。承嘱晋谒，欣感莫名。日前隋树森先生赐函，云入四月天暖，将游颐和园，至时当顺路过访。拟此约过后，即趋尊府聆教，如何？又，公寓乃北大家属宿舍楼名，八公寓在校内东北部郎润园东偏。小婿在北大工作，小女在冶金部一研究院工作，一家寓此。蜗居于六九年冬由城内移此合居。后学寓此，以情论为归宗，以理论为探亲，就目前观之，长住似无大碍。知关锦注，并奉闻。敬复，恭祝康乐。

后学张中行拜上

三月二十三日

张中行致周汝昌（1973年5月25日，按此信函启功转周汝昌）

读《文物》七三年二期周公大作，案头适有俞瀚所书砚铭，方砚铭，见《小仓山房文集》卷二十四，或可为考订之旁证，附赠一阅，并略陈愚见。

一、画像非俞瀚。文中所举理由之外，尚有：

1. 人之风度不类：雪芹为洪才河泻，逸藻云翔（与养石轩闻隔院高谈声同一风致），俞瀚则身世孤危（见《小仓山房文集》外集俞楚江诗序）。

2. 诗之风格不类：雪芹为铿锵隽永，俞瀚则苦求新异（《随园诗话》称其诗有新意，钱泳《履园谭诗》中谓："近日诗家愈出愈奇……俞楚江之'红怜花别样，绿爱柳当初'"）。

3. 俞瀚有别号，为壶山渔者，非雪芹。

二、尹诗乃题俞瀚小像者，刊本标题可信（与雪芹小像合为一开，或系装裱时误植，若然，此一部册页中或另有俞瀚小像）。

1. 尹诗书法学董，为晚年笔，当作于乾隆三十年[《袁简斋尺牍》卷二与尹相国论书（估计其时为尹最后离两江总督任前）谓尹"近日肆力于文董诸家，功日进故悔其少作"]。

2. 尹诗为乾隆三十年所作，其时俞瀚在南京，砚铭可证，乾隆五十六年赠袁枚砚之宁圃，姓李，见《随园诗话》卷十六，称为昆陵太守，据砚铭，又曾为江宁知府，或乾隆三十年适官南京，故得交袁枚用及尹幕中之俞瀚。乾隆十三年俞瀚似不能在南京，因《随园诗话》称其久客京师，俞楚江诗序又称其曾漫游："齐郊晋垒，禹穴尧峰。"入尹幕乃后来事。

3. 乾隆三十年，曹雪芹已逝世。

三、曹雪芹如曾入尹幕，时间必不长。袁枚与尹过从甚密，又多与文士往来，而《随园诗话》言及雪芹公子，似颇生疏。

四、陆厚信，玩其题记及书法，似非画工，乃文人通绘事，与雪芹有诗画之交，意者亦尹幕中人与？

73.5.23

25日函启先生转周

张中行致周汝昌（1973年7月11日）

汝昌先生：

日前再奉惠书，知芜札已登兰堂，深以为幸。昨趋"小乘"道场，顶礼元白上座，话及未见手教之事，上座愕然。可证非"欲作洪乔"，乃颜回坐忘也。返茅茨后，即拟具草上闻，而大札随邮赉至。辱承从盲问道，愧悚何似。重违台命，猥述俚怀。

一、窃以为考红之难，始作俑者为刘班之鄙视小说，其后则曹马未能腾达也。（今日古董商尚有知成铁翁刘，询之雪芹，则茫然者。二百年来，雪芹手迹因是而毁之覆瓿者不知凡几，惜哉！）史料点滴，非但麟角凤毛，实比沧海一粟。语云，"物以稀为贵"，针锋毫末，凡可资考据者皆当视同琬琰，不才昔年读大著新证，为之倾倒者以此。

二、来教谓考据文物，应实事求是，不才深有同感。盖过慎者善疑，失之多弃；过癖者善信，失之多取。以砚为例，某老鉴藏家曾语不才，彼不收名人边款之砚，因皆系伪品。然见其所藏海天浴日砚，则自题云的是傅文忠物，不禁失笑。又友人某信而好古，曾见示一端砚，制作纤巧，背镌二字曰石谷，以为必耕烟散人物，实则砚石平平，且不类清初物，可谓轻信矣。今二公皆墓有宿草，其过与不及尚可为殷鉴。考证之学，劫灰中讨生活，常苦文献不足，一时难于定论者，宜安于阙如。然于研讨中举证以明疑点，疑亦信也。

三、手教所示，雪芹画像与尹继善诗似为一纸，若然，则不才装裱时误植之"悬解"实大误。如是则疑难将尤多。未见原件，冥中摸象，聊博方家一粲。

四、以常理论，画必先成，送尹求题，尹就求件为诗，诗所题者当为画中人（似不至张冠李戴）。如得俞别号为雪芹之证，则实事求是，想先生之宏论亦必慨然校改。

五、如俞无雪芹之别号（此当难于证明，盖说有易说无难也），则一种可能，尹诗乃题另一名雪芹者（非俞非曹），诗存底时或入刊本时误标题目。另一种可能，画中雪芹即曹雪芹，诗乃乾隆十三年题（不知高明能证其时曹在尹幕否），诗题误标；或诗乃乾隆三十年题，此须假定：（1）画像乃数年前所作求题，在尹处积压，直至尹离任前始了此文债（似颇牵强）。（2）诗题系误标。

六、如认定尹诗所题即画中之人，大作所揭画中无青山云树背景又如何解释？秀才人情，信笔渲染乎？

七、后添题记之疑，盖由他解皆"此巷不通行"而来，实少正面根据。（1）画事既竟，不题款者颇少。（2）如高明所见，题记文辞书法皆典雅，似难出于作伪者之手。（3）如系后添以求善价，何不曰"曹子雪芹"，以期易售其奸邪？（4）雪芹遗迹可得善价，乃近年之事。

八、致疑者谓画像乃俞瀚，此路似易通（面容与王南石所绘有异，亦可涣然冰释）。然有二难：其大者，尚无俞别号雪芹之证；其小者，难得俞与尹有通家谊之证。

九、如画像竟非曹雪芹，则曹氏曾作幕之谜又成谜矣。霞光岚影，触手成空，良足叹惜。

又，沈大成集（学福斋诗文集？）未见，亦如四松堂集之希有乎？已故郑西谛以多藏清人文集著，闻遗书归北京图书馆，不知有之否。

如上琐琐，唯唯否否，真隔靴搔痒，言者不知矣，深负雅望。台端史学迁固，著书立说，向皆证之以事，断之以慧，画像之案，来示主存其说以待佐证，赞佩无已。草率奉复，敢以赘言再渎清听，惶恐惶恐。

专此，敬颂著祺。

弟张中行拜上

七月十一日灯下

张中行致周汝昌（1975年4月10日）

汝昌阁下文席：

久未聆雅教，鄙吝之心大生矣。一年来修何胜业？贵社红学及古典名作有何新刊？闭户郊园，目蒙耳塞，甚为闷损。岁月易得，寒食清明踵至；闲情难赋，成咏砚十绝句，知阁下有砚癖，且与顾二娘有夙缘，虽打油之什，亦未敢藏拙，谨抄一纸呈览，茶余欹枕，或可消片刻之闲乎？金禹民先生患风痹，已不能治印，有辱台命，并奉闻。

匆匆敬颂著祺

弟中行揖

75 年 4 月 10 日

张中行致周汝昌（1975 年 5 月 27 日）

汝公先生著席：

来津沽舍妹家小住，启行前拜奉手教，知目疾为患，幸天相吉人，渐渐就愈。又悉赶治名山之业，忆曩日思及文事曾诌绝句若干首，其一云："顽石何由落九天，灵河绛草证奇缘。茜纱窗下千行泪，谁与村言作郑笺？"此则应期期阁下，知洛诵有日，虽老驽卧枥，亦不禁奋起嘶风，想必是高明一笑耳。元白上座久不晤，悼亡之耗，仅草一小札唁之。

此间里巷，多房少树，海河有水无鱼，举目北望，益信京华真清凉世界也，尚望顺时珍摄。敬祝夏祺。

弟中行揖

75年5月27日

张中行致叶圣陶（1977年6月17日）

圣翁夫子安席：

又年许未恭聆训诲，至为惟慕。两日前晤王芝老，知大驾往江南为故土之游。时接孙君功炎信，又悉顷已返京。早拟趋府请安，不念竟一再迁延，遂乏盛交。数月来荆妇患肾炎，家务琐琐，近期或仍不能进城，故特草此数行，略抒渴仰之悰。金阊梁溪，杖履所至，想当多有斩获，怜愿早趋尊前，得享耳游之乐也。专此敬祝康乐。

后学中行拜

六月十七日

小注：

叶圣陶（1894—1988），名绍钧，江苏苏州人，著名作家、教育家、出版家和社会活动家。中华人民共和国成立后，历任出版总署副署长、教育部副部长、人民教育出版社社长。

启功（1912—2005），生于北京，满族。曾任中国人民政治协商会议全国委员会常务委员会委员、国家文物鉴定委员会主任委员、中央文史研究馆馆长、中国书法家协会名誉主席、北京师范大学教授、博士研究生导师。2005年6月30日病逝于北京，享年93岁。

周汝昌（1918—2012），生于天津。燕京大学西语系本科、中文系研究生毕业，此后历任燕京大学、华西大学、四川大学外文系讲师。1954年起任人民文学出版社编辑。后任中国艺术研究院研究员，历任全国政协第五、六、七、八届委员，还任中国和平统一促进会理事、燕京研究院董事、中国曹雪芹学会荣誉会长、中国作家协会会员等。

（原载2006年3月3日《深圳商报》副刊《文化广场·天下》）

却道天凉好个秋

我们习惯称张中行先生为"行公",现在,行公远行了,老成凋谢,虽不免感伤,但享寿97岁,合乎事理之常,感伤就化为缅怀。最早浮上脑海的想法是,这位蔼然智者,留下的思想遗产中,哪一件是最宝贵的?

行公"大行"前不久,曾接受学者张者的采访。张者问:"您认为人的一生中爱情、友情、亲情,最重要的是哪一种情感?"答曰:"异性之间的男女情感。"又问:"您说的这种男女之情在年轻时候当然是最重要的,那么对于老人来说,哪种情感最重要?"再答曰:"还是男女之情。"

一位渊博今古的国学大师,濒临人生的终点,回望百年履历,萦绕心头的竟是男女私情,未免令正人君子痛心疾首。但在我看来,这正是行公的高不可及之处。常人的喜怒哀乐丝毫不比圣人的修齐治平低贱,事实上,没有常人的喜怒哀乐,社会就是没有内容的空洞。重视常人的情感,势必会连带引出人格、尊严的概念,而这些正是我们最稀缺的价值资源。行公的顺生理论就是写给常人的,人类乐生,把可以"利生"的一切看作善;人类畏死,把可以"避死"的一切看作善。然则在趋利避害的选择中必须要恪守一条道德底线,也就是我们常说的"做人的原则"。就以行公和杨沫的情感纠葛为例,在杨沫及其儿子老鬼的笔下,行公是一个心理阴暗、性格冷酷、自私自利的负心人,是一个"躲进小楼成一统,不管春夏与秋冬"的落后分子。但是一则史实却让杨沫和老鬼的说法露出了猥琐的破绽:"文革"时杨沫单位的造反派来外调,以辱骂加恫吓的手段逼迫行公证明杨沫是坏蛋。高压之下，行公不为所动，坚称杨沫为人直爽热情，有济世救民的理想，真的相信她所信仰的东西，并且有求其实现的魄力。这种冒死保护一个曾经往自己身上泼脏水的女人的义无返顾的态度，体现的乃是最博大、最无私的情感。在同样的时代背景下，老鬼正在带领红卫兵同伴抄没母亲的财产；后来，他的母亲又致信内蒙古建设兵团领导要求严惩她犯了"现行反革命罪行"的儿子。语云：时穷节乃现，关头见真伪。相形之下，对杨沫也好，老鬼也罢，我都无话可说；而对行公，只此一事，足以生高山仰止，景行行止之崇敬。

杨沫去世，行公没有参加追悼会。行公认为所谓告别，有两种来由，或情牵，或敬重，也可兼而有之，对于她，两者都没有。

从这些话里，我读懂了什么叫冷彻心扉的寒凉，什么叫天荒地老的绝望。"欲说还休，欲说还休。却道天凉好个秋！"

（原载2006年2月28日《深圳商报》副刊《文化广场·万象》）

不着边际的追悼

——兼为金性尧先生送行

金性尧老先生走了。活了91岁,寿终正寝,不必含悲,唯止于老成凋谢的感伤而已。不少网站和纸媒,不吝版面,刊布悼念文字,死者有知,或可稍感欣慰?

我于20世纪90年代,经陆灏兄引荐,曾与老先生有过一面之缘,印象中他穿一件米黄色翻领羽绒衣,两鬓白而头顶黑,右耳戴助听器,笑眯眯地看着大家,并不说话。而我对老先生更深些的了解,还是由读他的书得来。因此，当我读到部分网站和报纸刊载的悼文，以及文中一些莫名其妙的故实时，虽然并不吃惊（时风如此，无可奈何），总是有些难过：不读其文而悼念文人，对逝者而言，说是亵渎未免言重，但距诚敬实在太远。追悼流为应景，还不如沉默。

我所说莫名其妙的故实，一是关于金性尧与鲁迅四次通信的掌故，报载悼文以讹传讹为三封，可见连鲁迅全集也懒得翻一下。更玄的是，众口一词，都说金先生能与鲁迅翁信函往还，是得益于金性尧夫人武桂芳女士的相助，因为武桂芳是许广平的好友。莫非与迅翁通信亦要走夫人路线乎？二是指"北季（羡林）南金（性尧）"的荒诞。兹分别疏清之。

关于与迅翁通信事，金老《伸脚录》（辽宁教育出版社，1995年）《关于鲁迅的四封信》一文，自述甚详。1934年，金先生18岁，文学青年，崇拜鲁迅，一时冲动，给鲁迅写了一封信，要求晤对，信交内山书店转呈。不料次日即接到迅翁回信，信中云："但面谈一节，在时间和环境上，颇不容易，因为敝寓不能招待来客，而在书店约人会晤，则虽不过平常晤谈，也会引人疑是有什么重要事件的……"虽然会晤的要求被婉言拒绝，但回信本身对年轻的金先生就是莫大鼓舞，趁热打铁，又致信一封。五天后接到迅翁第二封回信，信中并对延迟作答表示了歉意。两次书信往还，金先生的冲动如烈火烹油。第三封信，是寄去一篇速写，要求迅翁为之斧正。迅翁在收到此信当天即复，改正了金文的错字，并提了建议。而金先生的本意是想借迅翁之力，使速写草稿变成铅字流布，而迅翁的只改错字即退回，让他大失所望。乃以年轻气盛，又致一信，其中有"使我很失望"的话，言辞之间，也不够尊重。于是收到迅翁的第四封也即最后一封信，其中有云："先生所责的各点，都不错的。不过从我这面说，却不能不希望原谅。因为我不善于给人改文章，而且我也有我的事情，桌上积着未看的稿子、未复的信件还多得很。对于先生，我自以为总算尽了我可能的微力。先生只要想一想，我一天要复许多信，虽是寥寥几句，积起来，所花的时间和力气，也就可观了。我现在确切的知道了对于先生的函件往还，是彼此都无益处的，所以此后也不想再说什么了。"

至于"北季南金"之说，简直匪夷所思。事实是，1949年以前，金性尧先生用"文载道"的笔名著书撰文，与河北蓟县籍学者纪果庵（本名纪国宣，其号果庵，曾用名纪庸），皆擅长描写风土人情。文载道著有《风土小记》，纪果庵著有《两都集》，二人又同为《古今》杂志同人，时人或有"北纪（果庵）南文（载道）"之目，此与"北季南金"真风马牛不相及也。

愚以为，本文并非小题大做，借此可窥时下学风和文风之一斑。虚浮气盛，踏实劲衰；猎奇心重，索隐意轻；耳食星火，瞬间燎原。即如追怀金性尧老先生，知音者必不可绕过他中年痛失长女之深悲（长女死时怀有身孕），此伤铭心刻骨，牵肠挂肚，是老先生后半生内心最大的隐痛。其心锥肠断之哀，见于老人晚年所作《她才28岁》和《找寻》等文中，读之令人愤懑，发为"自是人生长恨水长东"之浩叹。遗憾的是，在热热闹闹的追悼金性尧先生的文字中，除一些莫名其妙的杜撰之外,我们并没有从中得到最应该在这个时候得到的"内部消息"。

(原载2007年7月24日《深圳商报》副刊《文化广场》)

手抄的青春

我手抄《戴望舒诗集》是 1983 年夏天的事。抄书的缘起，说起来有点难为情。那一年我 20 岁，生理上懵懵懂懂，心理上朦朦胧胧，概括地说就是挺单纯。单纯的突出表现，是迷上了诗；迷的程度，是见到分行排列的汉字，就一定要凑上去细瞅。读诗，来源主要是本城日报的副刊。幸运的是生在省会，这样可有省市两张报纸看。看着看着，就忍不住拿起笔来，写一堆押韵的字，分行排起来。直到现在，我还保留着两本"处女诗",本着"奇文共欣赏"的古意,抄两首给大家看看。早期的,如《赞跳远运动员》是这么写的:"如猛虎跳涧／似雁落平沙／一个银鹰亮翅／嗖,一跳就是四米八／红旗哗啦啦／竹板啪啪啪／庆贺你呀,跳远运动员／献给你一束大红花。"稍后长了点学问,也多了些暧昧心思,于是升级为填词。如:"春梦惊醒恨夜倏,翠袖素手赠玉珠。含羞说出心中事,鲛绡轻拂杏雨疏。青鸟过,鸳鸯浮,三魂都被佳人俘。少年白发伊之罪,尺素无鱼计何出?"看,这就是那年月我写的"诗",你现在读肯定有耳目一新之感,因为如今连疯人的梦话都不这么说了。

写着写着,就长了自信,心想别人的诗能变成铅字,我凭啥只能自娱自乐?于是就把自家大作抄在纸上,花4分钱买邮票,寄给报纸的副刊,如是者不下几十上百回。语云,功夫不负有心人。这一年报纸搞端午节诗歌征文,我下了大力气,写了一首长长的"诗",挂号寄往报社。平地一声春雷,报社编辑回信了,说我的"诗"入选了,邀请我参加"端午诗会"。幸亏年轻，心理承受力强，心脏和脑血管都还没出乱子。那一阵子，我待人接物特有爱心，别人就是踢我一顿我都能逐脚笑纳并且不忘致谢。终于熬到诗会的那天，打扮得溜光水滑地去了，见到了一大帮"著名诗人"。那时我对报纸上经常出现的"诗人"名字崇拜得五体投地，见到真人，确实有皓月当空的感觉。后来我成熟了，又在文化部门工作，跟不少"诗人"朝夕相处，才知道这帮子"诗人"，不过是某个部位总是湿乎乎的罢了。

但是这次诗会对我的意义还是相当大的。首先，我几百行的"大作"被删成四行在报纸副刊上变成了铅字。其次是奖给我一件上面印着"太阳岛诗会纪念"大红字的背心。再次是在当天的诗歌朗诵会上，我第一次听到了戴望舒和徐志摩的名字，并聆听了一位"诗人"朗诵的《雨巷》和《沙扬娜拉》。就是在这一天，我才知道诗原来可以这么写，而世界上竟还有如此缠绵悱恻的诗，我以前读的那些诗不过是一簸箕烂白菜而已。我拿出超乎寻常的谦卑态度，赢得了朗诵这些诗歌的丘君的同情,好跟他借阅徐、戴的诗。丘君说他也没有徐志摩诗集,但是有戴望舒的。他说戴望舒的诗书店里早已脱销,他手里这本非常珍贵,所以最多只能借我四天。于是我将上衣兜里别着的一支8角钱的钢笔当作抵押,从丘君手里接过了《戴望舒诗集》。我用了四天时间,将这本书按原样,包括扉页、序、正文、版权页、尾花,一丝不苟,全都抄了下来,以挂历纸糊成封面,用牛皮纸条制成书脊,家用针线装订,就成了一本特殊的书。20多年后,仍然插在我山花烂漫的书架上,笑傲丛中。

在出版业繁荣昌盛的今天,突然看到一本全由笔抄录、手工装帧的书,其封面、版式、版权页、前言、后记都无不与原版书一样,只是因为是手抄,而略显拙朴。这样的书除让人惊叹以外,就是对于抄书者的景仰了。可以想见,这样的书不会是产生于复印和网络技术都非常发达的今天,那只是久远年代的纪念,以及淳朴并匮乏的时代特有的虔诚和耐心的写照。抄书由来已久,抄书也很早就从最初的功利缘由超越出来,自有其成为艺术的理由。一本手抄书，它给我们的情感带来的正像 e-mail 盛行之下突然接到朋友手书信那般的喜悦和珍爱。

（原载 2005 年 4 月 28 日《深圳晚报》副刊《阅读地带》）

前尘书事成云烟

我1991年春节后来深圳,提一个大帆布箱子和两个小提包,里面除生活必备用品外,最有分量的是一套商务印书馆1979年版的《辞源》修订本四卷本,一本上海辞书1979年版的《辞海》缩印本,以及八九本岳麓版的周作人文集。我从哈尔滨乘火车到天津转车,一路到深圳花了近60个小时,连个硬座也没有,硬是把这一堆书扛到了目的地。我讲这段经历的意思是想证明我当时还是一个傻乎乎的爱书人,访书和读书都上着瘾。

瘾是病字旁,望文生义也知道不是正常人干的事。我的经验是,玩书这种瘾,跟吸毒一样,陷进去就很难自拔。"路啊路,飘满红罂粟",玩书的路也正是"飘满红罂粟"的旅程。

街边杂货店

且说我当年下了火车,走路有点顺拐,原因是内裤里缝了个兜儿,硬邦邦地揣着2000元钱。掏出170多元买了辆自行车,剩下的可就是安身立命的本钱了。但是就在火车站附近的一家小杂货店里,我眼睛一亮,看见了一套港版影印本《金瓶梅》,紫花封面,书前还有张竹坡的序,心情的激动,只有和我有过同样玩书经历的同道才能体会。那个时候,对像我这样半生不熟的玩书人来说,《金瓶梅》就是一块心病,一个可望不可即的梦。虽然眼前这个版本有点来路不正,可是慰情聊胜于无,何况又是未曾删节的全本,如不立即买下简直伤天害理。你看，人要是上了什么瘾，冒起傻气来是没有道理好讲的。此前，故乡的书店已被我搞得滚瓜烂熟；此后，骑着单车访求深圳的书店，就理所当然地成了我的日课。回想访书的经历，就像一部小说的名字：我的遥远的清平湾。虽近乎前尘梦影，总还有些印象较深的情节，可以粗略地说说。

新华书店

新华书店其实没什么好说的，它们遍地开花，牌子很大，特色不彰，更谈不上什么服务。就像去百货商场买衣服，又像去菜市场买白菜萝卜。特点是大而全，书的陈列显得杂乱无章，显然缺乏精心的管理筹划和布局谋篇。

老街那一家，地处黄金地段，就在麦当劳斜对面，每天拉起卷闸门，一条长案向内延伸，显眼处摆着一大堆皇历，而不是刚刚出版的新书，从中可见本地人到书店购求的重点。大间里面套个小间，其中摆放的多是生活类小册子。这家书店我是去得比较多的,因为它是特区内最大最中心的书店,毕竟新书进得及时。

红岭路一家,门面略小,新书进得也不及时,但里面有一些20世纪七八十年代上海古籍版的文史类书,一仍原价,我还是颇有斩获。1978年版的《诗人玉屑》,两卷本,才1元6角;1985年版的阿英《小说闲谈四种》,精装一大本,5元5角。这些书是我在红岭路新华书店捡到的最大便宜。

华强南路一家,属于大路货一类,几乎让人无忆可回。

当时在上步一带,还有一家图书贸易中心,好像也是新华书店性质,具体地点已想不起来了,这里时或可见一些有意思的书。屈大均的《广东新语》上下卷,我就是在这里买到的,是中华书局1985年版,4元8角5分。与上面提到的《诗人玉屑》相比,《广东新语》的品相和印张几乎完全相同,晚出版了7年,价格就涨了将近两倍。

特色书店

特色书店总是有出其不意的地方,让读书人印象较深的,有如下几家:

深圳书店。这家书店就在老街新华书店隔壁的二楼,架上陈列大量的外文原版和港台繁体字版书,后者我认得上面的字却不喜欢里面的内容,因为八成以上是烹调、服装、气功、养生、算命、栽花、遛鸟一路。去得勤些,偶尔也能碰上好东西,台湾版的《查泰莱夫人的情人》、香港上海书局1979年版的64开精装《堂吉诃德》上下册,就是在这家书店"妙手偶得之"的。

博雅艺术公司。这个有大名的艺术公司汇聚了大量艺术书籍,当时就在深圳书店的隔壁。相对来说,本人对这家公司的贡献是最大的,因为这里的书最贵。1992年我在这家书店见到港版王世襄著《明清家具研究》,一函两巨册,精美异常,可惜太贵,去了无数次,在这套书前逡巡,最终也没忍心下手。好在一个意外之喜冲淡了这个遗憾,我在摊在案上的一大堆旧书里,淘出了一本北京师范大学出版社的《膜拜的年龄》，其中收有我写的一篇情色文化随笔《猥语疏记》。这本书我只有出版社送的一本样书，南来前就已送给友人。在博雅偶然得之，不亦乐乎！2000年我将此书赠送祝勇兄，我的这篇文章又被他收进《对快感的傲慢与偏见——中国读书随笔菁华》一书中，2001年由时事出版社出版。沈浩波有一句诗云："这件事，足以让我这种鸟人乐上好一阵子。"我的得意与这句诗表达的意思若合符契。

深圳图书馆书店。这家书店设在图书馆的大厅里，空气流通不大好，每次淘书都弄得一身臭汗。不过图书馆书店总是有些好书让人惊喜的。后来这家书店扩大了规模，在院子里搞了一个长廊，摆了好长好长一溜书，逛起来别有一番风味。我在这里买了一套盗印台湾版的诺贝尔文学奖获得者文集，还有台湾远景出版事业公司从1978年到1986年陆续出版的世界文学全集丛书中的几十本。

黄金书屋。黄金书屋是一家私营书店，在图书馆对面,好像是二楼。记得第一次去是下午4点多,夕阳透过窗子抹进来,让人情不自禁地做出忧郁状。这家书屋有不少20世纪80年代中后期中国思想文化界风云人物的著作,我陆续买了不少,其中包括台湾允晨文化公司出版的余秋雨《艺术创造工程》,购书后店家在扉页上印上菱形书印,上刻"黄金屋藏书"字样。黄金书屋的书品虽然相当不错,但我却很不喜欢"黄金屋"这个名字,觉得它冲淡了书香。当年这家书屋的主人好像还在《深圳商报》的《文化广场》跟人打了一阵笔墨官司,话题是什么早就忘记了,也算20世纪本城一段文化逸闻吧。

愚仁书社。愚仁书社的主人王晓民是我的熟人,他无疑是懂书的。书社开在深圳大学附近,后来又进驻岁宝百货的柜台。这家书社的最大特点就是书香味道很浓,卖的都是精品,遗憾的是规模嫌小,不过瘾。1996年,我与朋友合伙策划出版了《博尔赫斯文集》《彼得堡》《复活的圣火》《心香泪酒祭吴宓》等书,曾想委托王晓民包销一部分,后来因为资金周转问题没谈成。不过,对于王晓民和他经营的书店，我一直是很佩服的。

最难忘的书店

语云，读书有益，开卷便佳。所谓最难忘的书店，当然就是我受益最大的书店。积我在深圳逛了八九年书店的经验，这样的书店只有两家。

一是位于人民南路海丰苑的古籍书店。曾见刘申宁兄不久前发表在《文化广场》上的一篇文字，就是追忆在这家书店访书的经历，写得深衷浅貌，语短情长。可知对这家书店念兹在兹的大有人在。古籍书店的负责人姓于，据说是琉璃厂出身，事实上确是懂书的行家。我隔三差五就和书蠹大侠结伴前往，老于和大侠熟识，每次都拿出一些好书让我们开眼。对上瘾很深的书蠹来说，衡量一家好书店的标准，首先是有一个懂书的行家，这样就能保证货源和质量；其次是这个行家要懂他的客人，三言两语就能摸清客人嗜好的路数，从而对症下药，双方皆大欢喜。这两条标准，古籍书店庶几近之。

无论经理和店员，见了我们都热情地打招呼，推荐一些书目，都是我们喜闻乐见的。结果是，我们在这家书店，几乎买了成吨的书，每次都打好几大包，存在店里，再求有车的朋友来拉回家去。后来，书城开张，古籍书店成了其中一个柜台，访书的乐趣，戛然而止了。

另一家难忘的书店是《深圳商报》的读者服务部。店主姓薛，三联书店出身，店址在上海宾馆内，门面很小，风光无限，因为架上都是三联书店、商务印书馆和中华书局的精品。对三联书店的书，我情有独钟，它不像商务印书馆那样艰涩，没有中华中局那样古奥，装帧简单之极，品格大气到顶。不论是厚厚的精装巨帙，还是薄薄的小册子，捧在手里，都觉得沉甸甸的，有一种由衷的信任感。查1992年日记，我每星期都要到这家书店三次以上，可见它对我的吸引力之大。可能是因为房租杂费太高的缘故吧，这家书店维持的时间不长，后来移址再开，换了主人，去了一次，感觉是"流水落花春去也"，终于怅然而返。

"书读完了"

这句话是一篇文章的标题,见于20世纪80年代初某期《读书》杂志。21世纪的某天,我走进书城,望着铺天盖地的书和熙熙攘攘的人,一种荒诞感蓦地在心里大片大片地洇开,脑子里突然浮上这句话:"书读完了!"就在这一刻,我的书瘾不治而愈。如果一定要深挖一下思想根源的话,当然也可以总结两句。我觉得,书瘾是物资和资讯都相对匮乏时代的产物。遥想当年,书籍作为传承文明的重要载体,在技术上,由于没有现代化科技的支撑,生产过程显得十分繁复艰难,而工艺的华严灿烂正寓于这繁复艰难之中;在内容上,由于受到种种钳制和枷锁,闪光的思想难得充沛于纸间墨上。所以,无价之宝易得,一本好书难求。正是在这种文化背景中,产生了书痴,萌生了书瘾,发生了访书藏书的乐趣。对书痴来说,访书的乐趣高于一切快感。仿佛一个饿汉,在石头堆里寻寻觅觅,突然发现了一个土豆,喜何如之?继续寻寻觅觅,突然找到了一个烤得糊香糊香的土豆，何乐可比？功夫再下得深些，搬开满山乱石，如果石缝里藏着一只叫化鸡，烧得骨软肉烂，那是怎样一种快感啊！

如今，出一本书就跟抽一袋烟一样容易，只要你有钱，随时可以把你历年写的垃圾文字出一本书。就像把烂土豆外皮抹一层口红，混在苹果堆里。被败坏了胃口的人，连那堆真苹果也不敢碰了，何况那堆苹果多半是干巴巴的牙碜货。书，越来越和一般的商品如茶叶糖果没什么区别了，往往形式大于内容，用华丽夸张的包装掩盖内里的贫乏丑陋。眼下的书，连同写书的人，旁及卖书的店，已刺激不出我哪怕一点点类似当年的激情，我只觉得他们喧嚣，闹得慌。就这样，我权把书城厕所的盥洗盆当作金盆，洗了洗手，为我二十年的书痴生涯画了一个粗糙的句号。

正是：竹帛烟销帝业虚，关河空锁祖龙居。何当共剪西窗烛，君问归期未有期。

（原载 2005 年 5 月 19 日《深圳晚报》副刊《阅读地带》）

我的两次自作聪明

在书城见到宗璞散文全编《野葫芦须》,当即夹在腋下,这是一定要买的。宗璞的文字清爽隽永,像炎炎日午而瑶琴一曲来熏风。书额题散文全编,含着封笔的意思,让老读者看起来未免有些感伤。

书无序言,依惯例,先看后记,对下面这段文字发生感应:

"我希望这本书具备另一个特点,就是错字少。要求没有错恐怕是不可能的。错字少,我想这本书会做到,因为责编侯宇燕是那样的热心和细心。北京出版社的校对能力也是好的。鲁鱼亥豕之叹，是从来就有的，现在似乎愈演愈烈。我的有些书错字之多让人十分难过，既委屈了读者也冤枉了作者。我希望这本书的出版质量，能让读者不受委屈，作者不被冤枉。"宗先生的"希望"实际上道出了时下出版物的糟糕现状。今之书肆，市声压倒书声，不三不四之人席地而坐，令淘书人无处下脚。偶尔眼睛一亮，夹住两三本，回家一看，多是陆放翁在《题历代陵名》中所云"略不校雠""更误学者"的"错本书"。尤可气的是那些精美的垃圾，大抵"改个号、讨个小、刻部稿"，纯属糟蹋纸张，间接破坏生态。这几年我痛戒书瘾，就是对书市成了注水肉市的抗议。

因产生同感，所以对本书文字特别留意，眼一滑就在后记的另一段里看见了"膏木死灰"的字样，以意揆之，判断为"槁木死灰"之误，一时像文明逗秋雨似的竟有点儿兴奋：终于逮到了一个"苍蝇"。暗想幸亏宗先生病目，否则肯定因此病心。当晚酒桌上和书虫子 OK 先生谈及此事，并为此举杯唏嘘不已。

次日，拜读全书，竟为吹毛求疵而来，通篇读毕，未曾发现半个错字，见出校对秋风扫落叶的干净利落，岂一"膏"字而轻易放过耶？遂对自己起疑，起身找出《十三经注疏索引》，查到"膏火自煎"一条，源出《庄子·人间世》："山木自寇也，膏火自煎也。"成玄英疏云："膏火照明以充镫炬，为其有用，故被煎烧，岂独膏木，在人亦然。"回看宗先生原文："近来，深感自己的生命力在一点点消失，虽然未能如膏木死灰，但表达的声音已渐哑涩……"于此恍然，宗先生用"膏木死灰"一词，别有深意存焉。蠢笨如我者，未加品味而轻率摘瑕，未经慎核而公开诋毁，虽一字之区区，亦足可恶心旁人。如将明显硬伤混合手民之误并仁智之见，烧为板砖，砸向作者，必当有碎块反弹，迸进自家眼睛，岂不贻活该之讥乎！为人挑错者，可不慎欤？

1992年，我写过一篇谈色情文化史的随笔，题《猥语疏记》，当年被北京师范大学出版社收入《膜拜的年龄》一书中。2001年又被祝勇收进《对快感的傲慢与偏见——中国读书随笔菁华》一书，由时事出版社出版。"猥语"出自钱锺书《管锥编》，意思和"黄段子"差不多。我在《人性与兽性》一节中引明人笔记《猥谈》（转引自《说郛》，署名为祝枝山著，未考真假）中讲癞虫的故事，大意云：南方（主要是广东）流行一种叫作"癞"的传染病，主要通过交媾传染。其怪处在于：如男的得了癞病，他可通过交媾把"癞虫""过给"女人，女人自然倒了大霉，但男的却从此痊愈，跟好人一样了。反之亦然，女患者也可"过给"男的。当时民间流传一个偏方：以荷叶卷为安全套状辅助"敦伦"活动，输泻时精与癞虫入荷叶而不进人体，是以传染得免。从史料看，当时"癞"病其势甚汹，官府出台法令，凡患癞病者，不论贵贱，必须向衙门申报，入住政府统建的"癞房"隔离，隐瞒不报，严惩家属。

我引用这段材料时，仍是以意揆之，认定这"癞"病必是性病无疑，并以此立论，说明兽性的泛滥必将引来毁灭的祸水。日前读周作人，忽见他老人家1937年写的《谈过癞》一文，内引当年报纸消息说广东出动军警逮捕癞病人，钉镣收禁，政府并拟投资14万大洋建造麻风院云云。至此方知所谓"癞"者实乃麻风是也。即是说麻风病从明清到民国从来没有消停过，而且愈演愈烈，以至于当时有人提议将麻风病人统统拉出去枪毙。清人陈炯斋著《南越游记》有"疠伤传染"一条特有意思，略云：广东地气卑湿，居民易患疠伤之疾，岭外呼为大麻风。此病一人得上能传染全家，而且遭人厌恶，见绝伦类，颠连无告，至此极矣。广州和潮州两地建有麻风院，聚集麻风患者群处，指定一有本事患者当首领，总管诸事。男性麻风病人面目臃肿，手足溃烂，见之令人作呕。而女麻风病人则颜色反倒比常人华艳滋润。不少女患者往往打扮得花枝招展，私出寻人野合，每有无知恶少，不明底里，抢弓而欺，传染其毒，中入膏肓，不旋踵四肢奇痒，转为麻风一族；而女子则宿疾尽失，还原常人。道光辛丑中英战争爆发，清政府调集各路部队开赴广东，其中数湘军凶悍不法，遭粤民切齿痛恨，暗地里派出大批女麻风病人色相诱引，湘军大部中招儿，以至溃痈被体，死者和病者过半。然则"癞虫"岂非吾人最早使用生化武器的证据乎？

据医书上说,癞病即麻风病,属于皮肤病的一种,其病原、病理及"过癞"之说的荒唐,在今天已不必多说。癞病迹近于性病如梅毒等亦可说得过去,但麻风毕竟与性病有所区别,其实这只是查查词典就可明了的事情,我自作聪明,活该贻笑大方。幸亏我是无名小卒,亦不以写字为生,即使出了"见赠"之类的常识笑话也不会有人注意。如果换了名人,倚名卖名,自作聪明,挤破疖子带出脓,那损失可就大了,还不如闭嘴的好。

(原载 2003 年 9 月 13 日《深圳商报》副刊《文化广场》)

生活在别处

十来年前,对于文友聚会这类活动,我总是非常热衷的。花在这方面的钱,如果积攒起来,足够给心爱的女人买好几筐筐耐克牌帽子的,现在想想真是又心疼又后悔。有一本书叫作《微尘与暗香》,这书名恰可写照我的感受,那些酒海肉林中的文友聚会,在记忆中只留下几个荒诞、空虚、无聊、矫情的镜头,其间的多数文友早化作一片微尘消散在彼此眼前,唯有一缕暗香,萦绕心头经久不散,缠绵为生命中长久的牵挂。

这缕暗香，是两位因文结缘的女子，按相识的次序，一是黄中俊，一是无心小筑主人。对于稀有的才女，我总是心存敬爱，如果这稀有才女的容貌也跟她的文采一样秀色可餐，那我的敬爱中就难免掺入大量的溺爱成分。我说的这两位，秀美的容貌鲜花着锦，清丽的才华锦上添花，就我而言，是人生难得躬逢的雅遇，所以，对于这段缘份，我始终珍惜。当然，这种夹缠不清的感情是藏在心里的，我也想把这种感情不小心地流露一下，遗憾的是到今天也没找到合适的机会。

黄中俊其人其文，本城爱写字的人士想来并不陌生。1995年，《文化广场》以"上海—北京—深圳：一位知识女性的文化之旅"为题，开辟《城市屐痕》专栏，就由黄中俊一手包办，很快就被她弄成了名牌产品。陈思和教授说黄中俊的文化品位与专讲个人情趣的流行散文截然有别，变动着的时代风气悄悄吹入她的笔端，谈城市，谈文化，个人的愁绪里弥漫着文化变迁的沧桑感，生活的记载里隐藏着时代进步的两难，让人耳目一新。这个评价是很高的。从十五六岁出川求学那天起，一种强烈的逃离故土的欲望始终如梦魇般纠缠着黄中俊不放,她就这样从一个城市走到另一个城市,一直走到北美,在那里创作了自己最得意的作品,就是她的儿子。不久前,她抱着这个小宝贝又从多伦多走回上海。依照常识,一个生了儿子的女人,生活添了欢乐却减了自由,情感多了牵挂却添了羁绊。因此,不管她在这个繁华喧嚣的大都市是暂驻还是久留,无论她今后走南抑或闯北,都属于披着岁月风霜的平凡旅行;而此前那些跳跃着青春旋律的游走才具有人生哲学的意义,是激情燃烧的流金岁月,足以抵得今后几十年的尘梦。我对黄中俊的艳羡就因为她不仅是一个"喜新厌旧者",最难得的是她用行动实践了"生活在别处"的美学原则,而这正是包括我在内的很多人敢想而事实上做不到的。

(原载 2005 年 5 月 31 日《深圳商报》副刊《文化广场·万象》[①])

[①] 以下各篇均原载于《深圳商报》副刊《文化广场·万象》,不再一一注明。——编注

无心小筑主人

无心小筑主人冰清玉洁,丽质天生,乍一看不能不动容,再一看不能不动心。唯其眉宇间流露出冷峻高傲的气质,举止间挥洒出光风霁月的磊落,就像周敦颐笔下的莲花,让人只能止于动容,止于动心,不敢再乱动其他。

无心小筑主人应是太虚幻境中人物,偶被携入红尘,来到这温柔富贵之乡、花柳繁华之地,体验的却是案牍生活。一入庙堂深似海,室内是枯燥与单调,窗外是喧嚣与骚动,不能不感到厌倦。推想也可能如黄中俊一样想到逃避,憧憬着那种消消停停、细细密密的文化之旅,想逐个去看江南古镇园林,皖南徽式民居,湘西风土人情,西安秦砖汉瓦,敦煌石窟壁画……这种世外仙姝式的飘逸生活,终于只能像大多数人那样,心向往之而行不能之。但孤寂毕竟是一种内在的苦涩,需要排遣。就像一本书的名字:给自己的心吃糖。于是,1995年,在《文化广场》上出现了为她量身订做的专栏,如《自说自话》《饭余拾笔》等。飘浮的心,因为有了寄托而趋于宁静。其实,这也是一种"逃离",就像她自己说的,"别处此地皆生活,书里书外亦远行"。她的文风出入于《红楼梦》和《浮生六记》之间,而浸润于儒释道法,纵横于经史子集,才学丰赡,涉猎广博,尤令人激赏。一个容貌光彩照人的女孩子,有才情并不稀奇,奇在同时具备学识的深厚,评点人物世象,抒写人生感受,杂拾生活识见,品啜学人书香,举重若轻,汪洋恣肆。"书香衣影两相顾,万般胃口气吞湖",这就不能不让人拍案惊奇。

我与无心小筑主人实在说不上有什么交往，上天并没有赐给我们单独相处的良机，就是社交应酬场合的相聚，加起来也不会超过二十四小时。但是，人的相识与相知，未必一定要通过频繁的交往来达成。语云，一瞥惊艳。我第一次见到无心小筑主人，就把这四个字一下子给体验透了。从那一刻起，她的形象就以一种永恒的姿态被我收藏在记忆的册页里。十年过去了，我已年逾不惑，新朋日稀，旧雨也只剩下凤毛麟角。有时灯下想想老友旧事，每每为绵亘其间的一些误解和遗憾而感伤，心头竟涌起一种沧桑感。我不知道无心小筑主人如今发生了怎样的变化，但在我心目中定格的她仍是初见时的影像，从来不需要想起，永远也不会忘记。

（2005 年 6 月 7 日）

"野"破"第"惊逗秋水

11月1日本版《更衣记》专栏刊庄秋水《不穿裤子的女人》一文,写得好看,像二八少女秋水可鉴的发髻。坏在里边有两处错字,像彳亍在这黝华发髻上的虱子,不能不抓,更何况这两个"虱子"跟鄙人的色香味居有密切关系,更应该捉拿回来,严加惩治。

第一处,是首段引诗经《褰裳》之"狂童之狂野且","野"应为"也"。"褰裳"就是把裙子撩起来(非如庄文所说的撩起衣角),因为那时候还没有裤子这种东西。原文"子惠思我，褰裳涉溱，子不我思，岂无他人，狂童之狂也且！"翻译过来就是："你要是真心把我爱，就撩起裙子淌过溱河来；你要是心里没有我，追我的男人还很多。你这个傻小子，傻瓜里头数你个儿大！"这里用的是余冠英先生的译文，手头无书，容有稍许误差，但大意不错。妙在"也且（"且"此处读若"居"）"这两个字，"也"的元义是女阴，"且"的元义是男根，都是象形字，把这两个字并排放在一起，虽然在这里只是表达一种咏叹的语气，但也足以让登徒子一路人遐想老半天。如果把"也且"当作"野且"，那么遐想起来就太不成体统了。有意思的是李敖老哥，在《中国性研究》一书中真就这么遐想了一番，他说，这"狂童之狂也且"就是一句骂人的话，意思是说："你牛啥叉呀你！你不爱我算啥呀！爱我的男人多着呢！你算个鸟（敖哥的原文用俩字，比这"鸟"实在多了）呀你！"遐想其实就是瞎想，敖哥的解诗就是瞎想，否则干吗不把那个"也"字也遐想一番呢？显然不能自圆其说嘛。

第二处是第三段"床笫之欢"应为"床笫之欢",误"笫"为"第",我见得多了,形近而误,可把责任推给电脑。不过这个错细究起来问题严重。"笫"是床垫子,"第"是表次序之词。"床笫之欢"说的是在床垫子上头搞娱乐活动;"床第之欢"说的是在床上排着队搞娱乐活动,性质大不一样。鄙人绝不是喜欢拿别人的错误表扬自己那路货,语云,一字之差,千里之谬,此事涉嫌违法,咱下笔行文,不能不多加小心,否则给逮进局子里问讯一番,实在是犯不上啊。

(2005年11月9日)

给女弟子译那古老的歌谣

毛尖在《酱汁肉和奶油蛋糕》（11月15日本版《毛毛雨》专栏）说陈子善老师号召人们读东方蝃蝀。鄙人的女弟子看了，来电问："登徒子老师呀，那两个像虫子似的字念乜也呀？"我找来报纸一看，觉得毛尖妹妹和我的编辑侄女也涉嫌粗心，这么一个已故好久好久的词儿，怎么也该加个拼音缀个注解什么的。就这么端上来，看着毛烘烘跟染禽流感似的，谁敢往下整啊。

就鄙人所知，总来色香味居捧场的有几个女孩子，她们只预备《现代汉语词典》，从不翻《说文解字》和《康熙字典》之类跟鲜活青春格格不入的玩艺儿。她们不知道螮蝀读如"地洞"，就是彩虹，又叫美人虹。她们不知道螮蝀其形如带，半圆，七色，乃日光返照雨气所成。她们也不知道《螮蝀》是收在《诗经》里的一首先秦时期的流行歌曲。我不想让青春正好的女孩子傻了吧唧地诵读现代人听起来不知所云的东西，所以就试着把《螮蝀》译成了现代流行歌曲："一道彩虹出现在东方，谁用手指它谁就遭殃。有个女孩跟男人跑了，远离了兄弟和爹娘／一道彩虹出现在西天，整个早晨阴雨连绵。有个女孩跟男人跑了，把父母兄弟抛在了乡间／像这样的女子真不要脸，把婚姻规矩当成了扯淡。太不认真太不靠谱儿，竟把父母之命当成一堆破烂！"

看明白了吧，这是用老傻瓜口吻咒骂一个跟相爱的人私奔的女孩子，骂得挺难听的。古人古怪，看见彩虹就害怕，以为人间阴阳不调、婚姻错乱，上天就射出这七彩弯弯绕来示警。因此被当成淫邪之气。另外，古时候，婚礼都是黄昏时刻举行的。"婚"的本义是妻家，即今所谓娘家是也。《礼经》规定，娶妻必须在黄昏时候，因为女人属阴，所以叫作婚，由"女"字和"昏"字会意而成。从这里也可见出，"婚"这个玩艺儿从来就是发昏的结果，见不得阳光的，古怪的是竟然传流到今天仍然生命不息、昏婚不已。且说那个私奔的女孩，全然不顾这些规矩，竟然一大早就亲自把自己送上门去婚而莘之，所以挨正人君子痛骂。然则为正人君子始料未及的是，他这一骂，那女子的形象就此愈加美丽动人，可歌可泣；而骂人者却成了千古大傻帽儿。只是，在当年，那女子的日子一定是非常不好过的。曾几何时，凡是跟爱情沾边儿的日子，都不好过。

（2005年11月17日）

跟马家辉兄"谈情说爱"

2月20日本版马家辉兄《谈情说爱》妙文,写得深衷浅貌,语短情长,唯其对"爱"字的字源学解释和"爱"字在古人语境中的应用问题容或有可以商榷之处,不妨随便说说。

从字源看,"爱"的本义是仁惠。"爱"(繁体字是"愛"),本义是形容走路的姿势,后来,"走路的姿势"这个含义被生活给淘汰了,"爱"字也就约定俗成地代替了"愛"。可见,我们的老祖宗在造这个字的时候,并没有特意"把'心'包围在中间,上有覆盖,如珍如宝;下有盛载,战战兢兢。一颗心被摆放于隆重的位置"。至于说"'爱'这个字,在古人的解释里,本就是'心受'之意,亦即用心领受,坦诚面对自己的所思所感,容不下半分虚假",大概只是家辉兄的"理想期盼"而已,古人绝对没有这么高的素质。"爱"在古人的语境里,从来都没有跟"情"字并列过,如果有人能从1840年以前的典籍里找出"爱情"这两个字,那么这本典籍百分百是书商造的假货。

当然,在古人的经典或主流语境里,"爱"也包含有"情爱"的意思在内,但是主要用"恩爱"这个词来表示,而且仅限于夫妻之间的感情。但这种感情都是从新婚之夜起积累出来的,因为此前他们不认识对方。由恩到爱,日积月累,虽可臻于深挚醇郁和相依为命的境界,却与现代自由爱情有着云泥之别,古人的这个"恩爱"在本质上是两性不平等的。如果把"恩爱"放在古人语境里考察,凡是跟"恩爱"沾边的故事,全是悲剧结局。

古籍中说到"爱"字的地方多如牛毛，但只是着眼于爱情层面说的，则诗三百、古乐府里为多，可见，真正的爱情是存在于民间的；文人里头，苏东坡笔下最多，可见，老苏是最有现代性的古代文人。明清戏曲里到处是"哎呀，和你恩爱情"一类字眼，多跟色情相关。至于说到"我爱你"这惊世骇俗的三个字，则除了"我不卿卿，谁当卿卿"的著名例子外，只有《牡丹亭》里柳梦梅对杜丽娘当面说过："小姐，咱爱杀你哩！"从语气上辨析，不大严肃，但意义重大。

家辉兄说："人与人，男与女，缘起缘散，即使淡出了'爱'，却应仍然有'情'；正因仍然有'情'，便故仍应持'义'，任何决绝离弃皆违天理。"真是掷地有声，绕梁三日，合乎人情，循乎常理。但是接着说"中国人确是乐观得近乎天真，这份天真，以勇气打底，遂令人不忍讪笑"。这就太不靠谱儿了。

（2006年3月2日）

自是人生长恨水长东

看电视胡乱调台,忽见央视十一频道播出京剧《贵妃醉酒》,看杨贵妃的扮相,误以为是梅兰芳先生,本着附庸风雅的时尚,坚持看完,出现字幕,才知道小旦乃是言慧珠。俗人如我者,看梅先生扮杨贵妃,是男扮女,感觉不同;看言慧珠则是天生尤物,活色生香,别有一番滋味在心头。

有一篇回忆言慧珠的文字,用了梦一样的辞藻描绘言慧珠的美:身高一米六五,削肩长颈,柳叶眉,高鼻梁，小方口，一双俏目，顾盼神飞，身材曲线分明，且都来自天然。是个谁瞧上一眼，就能记住一辈子的女人。如此俏娇娃却生着一副泼辣率性、光风霁月的个性。某日四个太太打牌，闲聊中提及慧珠的胸部，怀疑是后天所隆。为此，四人争执起来。其时言慧珠恰巧从外面进来，听到此议，当着满屋子的人，甩掉短大衣，把套头的毛衣往上一撩，露出雪白的肌肤和米黄的胸罩，昂然道："你们来检查，看究竟是真是假！"文章的作者叹道：也不想想，人家的美凭的就是本真、本色和本事，女人身上那么要紧的物件能掺假吗？

　　那位作者写言慧珠到任上海戏曲学校副校长的那个场面也很传神：大家屏住气，只见一个身材高挑的女郎满身金黄从学生们眼前掠过：金黄色的毛衣，点缀着淡紫的小花，橙黄色的西装短裙，浅黄色的高跟鞋。"这就是著名表演艺术家言慧珠，我们的新校长——"俞振飞开始详细介绍，可谁有心思听呢？要紧的是赶快享受这眼前的美人吧，一睹为佳。她那么娇，娇得有点妖；那么艳，艳得有点野。身材、五官、腰腿，找不出一丝不足,过分的完美使人怀疑她的真实。忽然,一个女生轻轻叫道:"呀,新校长没有穿袜子?"跟着,几十双眼睛"唰"地扫向那光洁又修长的一双玉腿。后来,她们才明白,新校长是穿了袜子的,那袜子叫玻璃丝袜,透明的。不久,她带领学生在校园拔草。女生们不专心于拔草,而专心于她那双洁白精巧的手套,彼此议论纷纷。看来凡有她的地方,就有风光。言慧珠照山又照水。美,对于别人是用来观赏的;对于她,那就是生活方式了。

就是这样一个光彩照人的女子,1966年9月11日清晨,穿着睡衣,素面赤脚,直直地把自己挂在浴缸上面的横杆上,冰冷而凛然。她脸色苍白,一双眼睛,似开似合。

我崇拜这样的女人:活得美丽,死得漂亮。一片叶,一根草,可以在春天萌绿,亦可在秋季枯黄。前者是生命,后者也是生命!

(2006年3月9日)

翡翠青蛙

这几天电视在播文化专题片《梅兰芳》,不时出现靳飞兄侃侃而谈的画面,感到亲切,就坚持看下去,意外的收获是对京剧与生活的关系有了一点点领悟。

京剧是一种精致的艺术,艺人终日浸润其间,气质和生活方式不能不往精致上靠,艺术成就越高,也活得越加精致。刚刚看了一篇写马连良的文章,人家过得那才叫真正的色香味俱全的精致生活。他做戏潇洒飘逸,一切唯美是尚。他的戏班扶风社,讲究"三白"(即"护领白""水袖白""靴底白")。他要求同人扮戏前一定理发刮脸。在后台,他还准备两个人,一个专管刮脸,一个专管刷靴底。马连良的行头,极其精美和考究。在扮戏房(即今天的个人化妆间),有专人管熨行头,熨水袖,挂起来,穿在身上就没有皱折的痕迹了。而选用的衣料,其质地、色泽、花纹都是上等的。有一年,故宫拍卖绸缎。他花巨款买入许多大内的料子,存起来慢慢做行头。在颜色方面,他提倡用秋香色、墨绿色(如《甘露寺》乔玄的蟒)、奶油色(如《打渔杀家》萧恩的抱衣),看起来漂亮得很。

马连良常去北京有名的爆肚冯清真馆吃饭,不用开口,冯老板必上一盘羊肚仁。他的这盘羊肚仁与众不同。何谓肚仁?用医学名词来说,即羊的储胃冠状沟,是一条"棱"。一条百十来斤的大羊,这条"棱"不超过四两。把"棱"分成三段,最后一段叫"大梁"。一段"大梁"有多大?也就大拇指大小。把这块拇指大小的东西,再剥皮去膜,剩下的也就几钱肉了。马连良吃的就是这几钱。难怪冯老板无限感叹地说:马先生的吃就和他唱的戏一样,前者精致到挑剔,后者挑剔到精致。

马连良收藏翡翠，他家的翡翠青蛙，据说是全中国最好的翠，全绿，青翠，当时价值上千万元人民币。抄家时，他将它东藏西藏，没处藏了，就扔到家里的鱼缸里，以为这里安全。其实还不如不扔，一扔，水将那只翡翠青蛙映得格外艳丽，红卫兵一眼就瞧见了，一把夺过翡翠青蛙，往地上一摔，用脚碾成粉末。就在翡翠青蛙被碾碎后不久的一个中午，剧团食堂开饭，马连良排队买了一碗面条，刚接过面条碗就摔倒在地。拐棍、面条、饭碗都扔了出去。据说马连良致命的一摔和演戏一样，极像《清风亭》里的张元秀：先扔了拐棍，再扔了盛着面条的碗，一个跟斗跌翻在地，似一片秋冬的黄叶，飘飘然、悠悠然坠落……

马连良的生活趣味，形似今天所说的奢侈生活，实则精致生活与奢侈生活完全风马牛不相及。前者是精神性的，后者是物欲性的。前者就是拼命提倡，一般人也达不到那个境界，而后者根本不值一提。

（2006年3月16日）

记忆未必可靠

上周某夜,饮于大作家杨争光兄寓所。落座伊始,先到的胡洪侠和张清几乎同时向我请教:"《红楼梦》七十六回中秋联句'冷月葬诗魂'的上一句是啥?"洒家当时很有点儿洋洋自得的意思,以为二生不耻上问,孺子可教也。遂脱口答曰:"寒塘栖鹤影!"

能够脱口而出,乃是其来有自。若干年前,冯牧和邹荻帆仙逝,我写了一篇追悼文,一时想不好题目,就顺手翻了翻案头的书,见到"寒塘栖鹤影,冷月葬诗魂"

的句子，抄上去交卷，发表在咱们的《文化广场》上。你想，有这个情节垫底，记忆能出错吗？谁知张清发难，硬说是"寒塘掠鹤影"，且辅助以手势，说"嚓嚓嚓地掠过才有诗意"云云。一时争执不下，杨争光兄进里屋拿出《红楼梦》来，一查，乃是"寒塘渡鹤影"。虽白纸黑字，在下并不以为然，《红楼梦》有十几种版本，或有异文，实属正常。恰好这时胡洪侠跟北京靳飞兄通电话，顺便请教了一下，靳飞倚马速查，也说是"渡鹤影"。我抱着"不争论、不争论"的态度，把这个话茬儿给岔开了。

　　宿醉醒来，忽想起夜来争论，心中一动：记忆真的就那么可靠吗？为什么两个版本都是"渡"而非"栖"呢？查了甲辰本、庚辰本、蒙府本、戚序本，通通都是"寒塘渡鹤影"，毋庸置疑。反而下一句却出现了毛病，"冷月葬诗魂"，庚辰本作"冷月葬死魂"，其余版本均作"冷月葬花魂"，只有甲辰本作"冷月葬诗魂"。至此，不仅本人之非昭然已揭，雪芹原句，亦已大白。此联定是"寒塘渡鹤影，冷月葬花魂"无疑。杜甫有句"鸟影渡寒塘",当是雪芹所本;明叶绍袁幼女叶小鸾鬼魂受戒答禅师问中有"戏捐粉盒葬花魂"句,应为冷句前缘。而且"葬花魂"意境与第二十七回黛玉葬花情景叠相契合,《葬花诗》有云:"昨夜庭外悲歌发,知是花魂与鸟魂。花魂鸟魂总难留,鸟自无言花自羞。"恰可与"冷月葬花魂"呼应。庚辰本"葬死魂"者,乃"死"与"花"形近而误。

偏偏本人属于倔强的一路,自信确实见过"栖鹤影"的文本,乃又一番猛查穷翻,终于在案头的一本《楹联大观》中找到了出处。这本破书是我用来做标题时参考的,应该是它在传抄过程中弄错了,本人跟着以讹传讹。

此等虽是小事,却证实了记忆的不可靠,间接证实了文化传承过程中因文本走形致使典籍原意变异的不可避免。引经据典,不查原书是危险的。试举一例,诗云:"春眠不觉晓,处处闻啼鸟。夜来风雨声,花落知多少。"假如传抄走眼,将"风雨声"误为"云雨声",那就把人从明媚的春天误导进了"春香院";如果把"风雨声"

误为"风雨腥",那就更惨了,迈步走进新时代的人们,一下子就回到旧社会去了。可不慎乎?

（2006年3月28日）

现在谁还看《金瓶梅》呀

有人将崇祯版《金瓶梅》制作成简体字版的电子书，挂在网上供人下载。我的架上本来有这部书的几种版本，可是鬼使神差，我还是把电子版给"下"了。选择了当年很有兴味的章节点开浏览，看着看着就昏昏欲睡，实在是提不起一丁点儿精神头了。

大概是1988年，我第一次见到这部以"第一淫书"驰誉海内的大著，彼时的心情比之"有朋自远方来"还要"不亦乐乎"。借回家一看，书里夹着好多小纸条儿，原来这是供"够级"的人士专用的"节本"或"洁本"。有满腔热情的人士从"更够级"的人士那里借到"全本",并认真裁切了一大批小纸条,把被"洁"去的文字一笔一画地抄在小纸条上,夹在相应的页面中。据说,有人借来此书,因为借期短暂,来不及读全书就到了归还的时限,所以就采取"去粗取精"的原则,只读小纸条上的内容,"过把瘾"就传递给排队等着的下一位了。我这人当年以读书勤奋著称于我家,不仅硬着头皮读完了全书,而且把小纸条上的字读了两遍。为什么"硬着头皮"读呢?不是装孙子,我当年真就觉得这部书从文学角度说,毫无美感,很不好看。从生理学的角度说,它所能勾引出来的性欲冲动也实在是很有限的,其效果并不比满大街的美女挂历强到哪里去。它的传奇色彩和连城身价完全是被禁止它流行的那伙人造成的。有些所谓专家明知道芸芸众生没资格看到这书的庐山真面,就长篇大论著文说这书如何有社会意义,是曹雪芹的老师云云,我看全是扯淡。可是扯淡归扯淡,越禁的书越能勾引人的阅读欲,所以《金瓶梅》没看着,

《论金瓶梅》之类却赚了不少银子。

现在,《金瓶梅》的"洁本"已经公开卖了,虽然还是印着"内部发行"的字样。它的有关性描写方面的"成就",比起《废都》和那些"用身体写作"的作家,简直连小儿科都算不上了。可是《废都》等后来居上者可都是获准公开发行的。假如当年也默许《金瓶梅》与"用身体写作"同等待遇,想想吧:会有多少出版商、多少发行商、多少零售商因此辉煌,因此跻身财富几百强?

我当然不是想鼓动解禁《金瓶梅》。我的意思是说,就是解禁,也已经晚了。《金瓶梅》再糟糕,总也比那些"用身体写作"的破烂有价值吧?可惜,好大好大一笔钱,愣没赚着,反倒便宜了一批更糟糕的破烂。

(2006年6月6日)

由"经"而发的"不经之论"

"不说白不说,说了也白说",此为当今流行俗语;由此我联想到鲁迅先生的一句话:"当我沉默着的时候,我觉得充实;我将开口,同时感到空虚。"这两段话都表达了一种无以复加的绝望情绪。而沉重的现实内容一旦化为流行俗语,就含了滑稽的成分,冲淡了严肃性,变成了玩世不恭。

比如,面对着电视上乌烟瘴气的什么"儒学大师",煞有介事地大谈"读经救国"的陈词滥调,我就感到滑稽得紧，一点都严肃不起来。于是从"大师"号召我们读的"经"，一下子想到丝织的纵线，那是很韧的绳子，系在房梁上，绾成圈套，把脑袋套进去拉紧，术语叫作自经，俗称则为上吊。这么想当然有欠严肃，于是就努力往庄重上靠——"大师"说的"经"，中心思想应该是修身齐家治国平天下。这是个层进关系，修身是基，齐家是本，简称基本。要达到"经"所规范的"大丈夫"标准，固然要在很多方面达标，但是在"齐家"这个基本标准上，残害女人这件事是一定要做的，否则绝对不会达标。残害女人有多种方式，最主要的有两种：一是民间的缠足；二是皇家的殉葬。而这两个标准，又都和绳子有关。缠足的布，就是广义上的绳子，也可以称作"经"的。关于缠足的恶习以前说了很多，这次主要说殉葬。因为殉葬从上古的活埋发展到明代的先弄死再埋，已经有了"人道主义的进步"，而这"人道主义"，就是通过绳子来体现的。

皇家的殉葬，其实也是"齐家"的题中应有之义。上古的殉葬太残酷，所以唐宋间活人殉葬的制度告废。怪在到了明朝又莫名其妙地死灰复燃，再度成为皇家"齐家"

的制度。明太祖死后，用了46个妃妾、宫女殉葬。明成祖崩逝于榆木川军中后，也有大批女眷殉葬。明成祖有一半朝鲜血统，多次在朝鲜选色。成祖崩后，多数被迫殉葬。有些殉葬的妃嫔在上吊以前提出要求，能允许的自然允许。其中有一位朝鲜妃子，要求继任皇帝仁宗遣回伴她一起来华在宫中已住了多年的奶妈，仁宗准如所请。这异国的"白头宫女"回去以后，泄漏了永乐朝一件宫闱大惨案，具载朝鲜的《李朝实录》中，而吾国的国史、野史皆无只字的消息：当殉葬之日，几十名宫女都饷之于庭，吃完以后，被带上殿堂，由太监监视自缢。哭声震殿阁。殿堂内置有小木床，使宫女立在床上，梁上结有绳套，把她们的头放在圈套中，然后撤掉小床，让她们一命呜呼。场面之残酷，令人不寒而栗。直到明英宗时，下令永久革除殉葬制度，真正是盛德之举。一帮大师集体撰写的《剑桥中国明代史》中，于英宗此项浩然盛德只字不提，其史识也未必比"儒学大师"高到哪里去。

（2006年9月15日）

花榜·花选·选美

安迪兄"东写西读",讲到1932年年底,当时的上海总商会、律师公会等社会团体在新世界游乐场联合举办"救济东北难民游艺会",其间有一个轰动一时的"花选",仿照清末民初的做法,选举"花国大总统"。结果富春老六当选"大总统",含香老五为"副总统",明珠老八为"国务总理"。这里所谓"花选",实即时下多如牛毛的"选美"活动的前身。

本土"选美"源自宋朝的"花榜",最早由一帮子有文化的高级嫖客发起,对勾栏瓦肆中的性工作者评头品足,确定其品第等级,或拟之以名花异草,或比之以科举功名,选出"花界状元"之类名目,赋诗题词,公之于众,以为风流快事。

花榜至明清张大其事,像《莲台仙会品》《燕都妓品》《金陵妓品》之类专辑刻印流布。到了近代,报纸出现,推波助澜,在上海的万丈软红尘中,花榜达到高潮。据《中国风化史》载,其时上海花榜有"艳榜"和"艺榜"两个名目,而且一年之内开榜两次,呈泛滥之势,性工作者说情行贿走后门以求名标花榜之事屡有发生,是以花榜状元大大贬值,花榜活动也因此步入穷途。

主持花榜选举,乃是不少小报小刊的主要经济来源,眼见花榜没落,小报头头岂能甘心。主持《游戏报》的李伯元,别出心裁,始创"花选"之目,最脍炙人口者,为选出林黛玉、陆兰芬、俞小宝和张玉书,合称"四大金刚"。

辛亥革命后,成立中华民国,实行大总统制。上海新世界游戏场老板抓住机遇，与时俱进，于1917年秋季，聘请《新世界报》总编辑奚燕子主持，弘开花选盛会，仿效民国政府选举制度，在上海3000多名持照经营的性工作者中，选举花国正副总统、国务总理，才、貌、品、艺等各部总次长，参政院正副院长，等等，共计210多个"职官"，每届任期均为一年，至年底改选。选票每人一张，每张百权票售价1元，选票上填写性工作者住址及入选理由等。一时间北里诸姬及走马章台者，纷纷奔走相告，目为旷代未有之盛典，冠裳群姬，随粉白黛绿联翩而至，极一时之盛。1918年元旦张榜揭晓：花国大总统冠芳，副总统菊第、贝锦，国务总理莲英。

外商对市场尤其敏感，悟到可利用花选为媒推销产品。1920年，英商企妹牛奶糖公司首开其先，举办"香国"大选，也标香国大总统、副总统和国务总理之目。唯当选"大总统"者，可获全套西式家具的奖赏。

过了不久，工部局摇珠禁娼，花界偃旗息鼓，花选树倒猢狲散。直到20世纪40年代中期开展的上海小姐评选，全社会参与，热热闹闹，与我们现在看到的"选美"活动，从里到外，都已十分相似了。

（2006年11月17日）

卷二

前尘梦影

文坛仙葩

陈衡哲

白话文运动酝酿期延伸到大洋彼岸,当时留美的胡适揭竿而起,提倡白话文,遭周围朋友反对,颇感孤单,唯陈衡哲(1890—1976,号莎菲,江苏武进人)独表同情,为胡适称为"最早的同志"。她第一篇白话文试作《一日》发表于1917年《欧美学生季报》第一期,比现代文学史公认的新文学短篇小说开山之作——鲁迅的《狂人日记》还早一年。(然此白话文实绩不为现代文学史所记载）因了这个因缘，胡适始终与陈衡哲保持很好的友谊。衡哲呼适之为弟，每置佳肴，必邀适之同享。

衡哲留美学成归国，曾应蔡元培之聘，在北京大学教西洋史，是我国第一位女教授，后嫁给任鸿隽。任鸿隽字叔永，浙江湖州人，曾任孙中山南京临时大总统秘书。有诗为证：

> 莎菲长相挺困难，
> 声名战绩耽误传。
> 假如伊用身体写，
> 或领风骚到今年。

（2008年6月23日）

冯铿

"左联五烈士"于1931年2月7日深夜被秘密枪杀，冯铿（1907—1931，广东潮州人）是其中唯一的女性。我受知堂影响，对戕害女人的罪恶极其痛恨，故对冯铿印象要深于另外四位烈士。

"左联五烈士"并非因为参加左联文学活动被害，而是因为他们是中共党员，是"中共中央非常委员会"成员。与他们同时被害的，还有19位"非委"成员。因了鲁迅《为了忘却的纪念》一文，我们只记住了"左联五烈士"，另外19人是谁，无从得知。有诗为证：

风雨如磐暗浦江，
何心竟忍杀姑娘。
白骨如山忘姓氏，
秋花惨淡秋草黄。

（2008年6月30日）

关　露

关露（1907—1982），河北宣化人，1932年加入中国共产党,是左联的骨干,著名的女诗人、小说家。"春天里来百花香，朗里格朗里格朗里格朗，和暖的太阳在天空照，照到了我的破衣裳……"这首脍炙人口的歌曲，就出自伊的手笔。抗战爆发，关露奉潘汉年密令，留在沦陷的上海从事地下工作。旋奉廖承志的派遣，打入日伪特工总部76号魔窟，策反特务头子李士群。任务完成后，1942年又打入由日本海军出资接办的《女声》杂志工作，以此为掩护，收集侵华日军情报。1955年，由于潘汉年问题，被牵连入狱，弄得声名狼藉。1982年平反，当时伊已非复人形矣。不久即仰药自尽。据见过关露的人描述，伊年轻时长身玉立，非常漂亮，有一双忧郁的大眼睛，令人一见难忘。有诗为证：

> 此路风雨晦，
> 视死早如归。
> 只恨倭寇坏，
> 莫怪组织非。

（2008年7月7日）

陆小曼

拙著《老肖像新打量》1998年初版时，我只见过一帧陆小曼（1903—1965，上海人）与徐志摩的合影——就是大家都很熟悉的那帧。从那帧照片上看，小曼肥颊眯眼，几无美感可言。后来又见到一帧小曼伏案读书的照片，惊为天人，其美丽中蕴含智慧，志摩为之颠倒魂魄，良有以也。

小曼17岁就精通英、法两国文字，被派到外交部接待外宾，遂成为倾倒众生的交际名媛。或将志摩之死归咎于小曼的不近情理、红颜祸水之论，令人齿冷。有诗为证：

>昨夜星辰昨夜风，
>芳气袭人梦魂惊。
>解释春风无限恨，
>除非有病不怜卿。

（2008年9月1日）

吕碧城

电视连续剧《走向共和》中，有吕碧城（1883—1943，安徽旌德人）的镜头：袁世凯时在直隶总督、北洋大臣任上，统军权，兴武备，总持教育，提倡女学，得识文名藉甚的吕碧城，诧为国士，即授任天津女学总教，继擢北洋女师校长。剧中再现她在校门前招聘师资备受刁难时，袁世凯亲率妻妾前来助阵的场面，唯饰演吕碧城的演员只得形似为憾。

袁世凯帝制失败，惊吓而死，碧城以曾受知于袁，为时人不谅，恶语厚诬，碧城心灰意冷，背井离乡，漂泊海外，独身以终。

据郑逸梅《艺林散叶》，吕碧城曾与友人谈婚姻问题："生平可称心的男人不多，梁启超早有妻室，汪精卫太年轻，汪荣宝人不错，也已结婚，张謇曾给我介绍过诸宗元，诸诗写得不错，但年届不惑，须眉皆白，也太不般配。我的目的不在钱多少和门第如何，而在于文学上的地位，因此难得合适的伴侣，东不成，西不就，有失机缘。幸而手头略有积蓄,不愁衣食,只有以文学自娱了。"民国初年,有人介绍袁世凯的儿子袁克文,碧城微笑不答,后来与人说,袁克文是公子哥儿,只许在欢场中寻欢作乐而已。

碧城遗著有《信芳集》《晓珠词》等。1943年1月24日她在香港九龙逝世,遗命火化后将骨灰和面为丸,投海中与鱼儿结缘。有词为证:

文学青年都有主,青春谁与共舞?一代才女竟孤独。易求小男人,难得大丈夫。

鼎尚沸燃残膏煮,绣幕犹嗔腐鼠。西洲何处咿呀橹?清词映晓珠,奇香凝鱼腹。

(2008年9月8日)

秋 瑾

乍一看,秋瑾身为女人而雄性化,整天舞枪弄刀,阴柔之气缺席。再一看,伊遇人不淑,为反抗封建婚姻而毅然走出家庭，寻求个性解放。她的千金买刀、貂裘换酒，既有英豪阔大的一面，更是在声讨男权社会的罪恶时，做出的一种决绝姿态。她的骨子里，仍是千娇百媚的女儿质。她的容貌，未脱杏花春雨的佳丽态。

秋瑾后来所做的一切，包括暗杀等，都是当时社会逼迫挤压的结果。在视女人为宠物私财的常态中，秋瑾一旦向黑暗宣战，就标志着自己走上了不归路。一方面是义无反顾的宣战姿态："栽植恩深雨露同，一丛浅淡一丛浓。平生不借春光力，几度开来斗晚风？"另一方面是对孤独无依处境的悲叹长鸣："一出江城百感生，论交谁可并汪伦？多情不若堤边柳，犹是依依远送人。"她被捕后，只求一死，绝不向当局回答有关革命党的任何问题。

"身不得，男儿列，心却比，男儿烈！算平生肝胆，不因人热。俗子胸襟谁识我？英雄末路当折磨。莽红尘何处觅知音？青衫湿！"一股前不见古人后不见来者的悲怆之气中，仍能明显体会到一个孤弱女子面对冷漠残忍世界时的那种彻骨的绝望。有诗为证：

窗外忽传斩女匪,

初闻爬起穿衣裳。

却看四邻有谁在,

结伴共赏铡刀光。

馒头包好须趁热,

治痨最宜新血浆。

即从大街穿小巷,

便攀矮树上高墙。

（2008年10月20日）

汤修慧

汤修慧（1890—1986），生于浙江杭州，是中国新闻史上少见的女杰。她是民国名记者邵飘萍之妻，飘萍被张作霖父子枪杀后，修慧继承夫志，出任《京报》社长兼总经理。椎心泣血，含辛茹苦，乃使《京报》中兴。正一纸风行之时，卢沟桥事变发生，修慧断然关闭报馆，抛舍全部财产，只身逃出被日伪重重包围的北京，辗转于敌后，为抗日奔走，不遗余力。

修慧是位奇女子，行事令世俗瞠目。自飘萍死后，她办报之余，每每流连于牌酒阵中，出入欢场，寻花问柳的雅兴，不让须眉。当时北京城有名的清吟小班，从服务员到性工作者，都争相呼她为"邵二爷"。她的腻友，艳名绿珠，风华绝代。张纫诗女史有句云"风流岂尽男儿事"，修慧先生正可当之而无愧也。有诗为证：

  飘萍逝去菡萏开，
  报坛惊艳女隽才。
  弄潮儿向涛头立，
  旧都又见新楼台。

（2008年11月3日）

郑苹如

因了《色·戒》的风靡，郑苹如（1918—1940，上海人）再度成为新闻人物。据说她的亲属对《色·戒》深致不满，认为厚诬先烈，乃欲诉诸法庭。其实，电影《色·戒》是李安的作品，张爱玲的原作、郑苹如的故事，都不过是李安借浇自己心中块垒的酒杯而已。李安的"王佳芝"，既非张爱玲的"王佳芝"，更非历史上的郑苹如。一个美丽鲜活的生命在堂皇的理由下遭到毁灭，一朵含蕾待放的玫瑰被"正义"之手揉得粉碎。"锄奸者"与"奸者"联手，"将有价值的毁灭给人看"。李安的"王佳芝"、张爱玲的"王佳芝"，与历史人物郑苹如，只有在这个意义上，才可视为一个人。

据我的孤陋寡闻，郑苹如的故事，最早见于金雄白《汪政权的开场与收场》一书，陈存仁《抗战时代生活史》复述其事，高阳则在《粉墨春秋》小说中有生动的演绎。

国破理应当道补，

竟遣玉女试蛇毒。

人生几回伤往事,

令人长忆郑苹如。

(2009年2月2日)

郑毓秀

拙著《老肖像新打量》1998年初版时,我知道了郑毓秀这个人。郑毓秀(1891—1959),广东宝安(今深圳宝安区)人。中国第一位女博士、第一位女律师。她的故居就在距我现居所半小时车程的西乡乐群村。但我当时无法找到关于她的更详细的材料,只有一帧数十人合影的小照片,郑的头像被放大后变得模糊不清,就像她被遗忘的传奇经历一样。于是,我请漫画家王建明兄依合影大意画了一幅人像,并顺口溜云:"毓秀不让须眉,频创女界第一。大名早被忘记,如今值得重提。惜乎事迹罕传,肖像尤其难觅。用了放大镜看,眉目仍不清晰。多少风流人物,都被时人忘记。灯下抚摸故纸,为之扼腕叹息。"九年后写此小文,于网上检索郑毓秀三字,则文图并茂,蔚为大观。又知已有一本郑氏传记出版,即向毓秀故乡宝安图书馆的赵艺超小妹借来此书,到手翻开,扉页上是作者题签,云"惠赠宝安图书馆",不禁哑然失笑,再看下去的勇气,也就从此丧失了。唯细看书扉的郑氏照片,迥非想象中的大家闺秀、一代名媛。有诗为证:

当年苦寻失踪人,
如今得来不劳神。
都云网恋见光死,
还是想象最销魂。

(2009年2月9日)

子 冈

子冈(1914—1988),苏州人,《大公报》的"招牌记者"。1945年重庆谈判,子冈在《毛泽东先生到重庆》

这篇著名特写中写道：

"很感谢"，他几乎是用陕北口音说这三个字，当记者与他握手时，他仍在重复这三个字，他的手指被香烟烧得焦黄。当他大踏步走下扶梯的时候，我看到他的鞋底还是新的。无疑这是他的新装。

……

记者像追着看新嫁娘似的追进了张公馆，郭沫若夫妇也到了。毛先生敞了外衣，露出里面的簇新的白绸衬衫。他打碎了一只盖碗茶杯，广漆地板的客厅里的一切，显然对他很生疏。他完全像一位来自乡野的书生。

现在的年轻记者，不相信这是一篇新闻特写，以为是小说呢。他们瞪着天真的大眼睛（或小眼睛）问道："哪家报纸有胆发领导打破茶杯的新闻呢？"

子冈的哲嗣徐城北，我们都亲切地称他为"城北徐公"。一次，他来深圳开讲座，我派司机去接他到我家吃晚饭。他劈头问:"这是你的专车吗?"接着自答:"当年我母亲也有专车,但她从来不坐,挤公共汽车上班。"我无以答之。徐公又云:"她这是深入生活,记者坐在小车里怎么体察万家灯火呢?"我默然。他见到我的电脑显示器,上面正运行着海底游鱼的屏幕保护程序,乃大为惊讶道:"你养的这些热带鱼可真漂亮!真漂亮!"我让他摸摸"鱼缸",他以手轻抚,更为诧异:"这么薄,怎么供氧?现代科技可真了不起!"有诗为证:

子冈一代群芳歇,

如今记者满大街。

广告客户都是爷,

丑闻争掩不敢揭。

(2009年3月2日)

白　薇

白薇(1894—1987),原名黄彰、黄鹂,别名黄素如,湖南资兴人。

白薇是创造社成员。1928年在鲁迅主编的《奔流》上发表《打出幽灵塔》，一举成名。

白薇在给杨骚的情书中写道："我奇妙地接受了你的接吻。但那和小孩从慈爱的母亲所接受的一样，不是男女恋情的接吻。男女风情的接吻是躲在很远很远的秘密世界的。因为你现在微弱的爱远弹不起我的心弦。但我的爱你是深深的，强烈的。你好像从星的世界飞落来探寻我的心一样。我看到你那水晶样的光明，越觉得寂寞，觉得无边的寂寞。不，我不爱你了，决不爱你了。等得一二年，尸骸都要腐朽。你不知道过热爱的日子，一天要比三天长哩。在爱的上面没有理性，我无我地想服从你的命令，就是苦也服从；但，不，不行，服从不情理的命令是可笑的。"

这样的情书，个性浓烈，虽然有些莫名其妙，但恋爱中的人们喜欢。有诗为证：

峭笔插云云发芽，

芽中爆绽赤色花。

从此打出幽灵塔,

胡子眉毛一把抓。

(2009年4月6日)

丁 玲

晚年的丁玲,心态微妙。她说的话,我不爱听;她办的杂志,我追着看。这是怎么回事?读了韦君宜的《思痛录》,我有所觉悟。这本书是一把钥匙,能打开像丁玲、杨沫、范元甄等这一代人的心锁。

但丁玲后半生的遭遇与晚年心态反差太大,似乎不好理解。我觉得,这种心态肯定与那首《临江仙》有深刻的渊源,其词云:"壁上红旗飘落照,西风漫卷孤城。保安人物一时新。洞中开宴会,招待出牢人。　纤笔一枝谁与似?三千毛瑟精兵。阵图开向陇山东。昨天文小姐,今日武将军。"这首词是一个伟大坚韧的结,丁玲永远没有力量解开。

丁玲与沈从文的恩怨,也是一个死结。关于这段公案,有针锋相对的说法,我觉得都不可靠。感情纠葛,局外人永远说不清。说不清还硬要说,这就是愚蠢的本意。就双方当事人面对这桩公案的态度来说,我景仰沈从文,但也决不鄙视丁玲——她毕竟没有改变性别。有诗为证:

煮豆火候但忌急,
燃料最好是豆萁。
待到铜牙崩碎后,
始是新承恩泽时。

(2009年4月27日)

潘玉良

潘玉良(1902—1977),江苏镇江人,其遭际之奇,虽属百年难遇,但也只有在她生活的那个特定的时代才能发生。那位海关关长潘赞化,必有深厚的文化修养,必有常人不可及的眼光，否则必无后来的潘玉良。如今不少贪官，也向春馆青楼物色"人才"，却都将所选"秀女"输入官场或商场，最终随着东窗事发而春梦成魇。真愚不可及也！有诗为证：

> 欢场伯乐分等级，
> 啧啧赞化不可及。
> 亦见官人舞团扇，
> 一袭貂裘两脚泥。

（2009年5月18日）

朱　纯

朱纯（1928—2007），湖南长沙人，老报人，此非指报龄，乃谓资格。1949年，朱纯即入湖南《民主报》当记者，社长是大学者杨伯峻，主笔为民盟湖南省委秘书长杜迈之。稍后《民主报》钱尽散伙，朱纯转入《新湖南报》。1957年，在此报与丈夫钟叔河一起被打成右派，从此夫妻相携劳动维生，钟叔河拉板车，朱纯则成了五级木模工。1970年钟叔河平反出狱，不久主政岳麓书社，出版"走向世界"丛书、周作人文集、曾国藩家书等，将中国出版界带入一个黄金盛世。朱纯则养花莳草，游览江山，颐养天年。偶作小文，无不浅貌深衷，意味隽永，有《悲欣小集》，自不愿公之于众，只印示生平知己。

朱纯先生于2007年1月21日晨在深睡中平静辞世，终年79岁。家属向友人发出哀启，谢绝吊问，但云："朱纯已走，如果觉得她还好，是个好人，在心里记得她一下，就存殁均感了。"

有诗为证：

> 官孟逢迎操全算，
> 河纯耿直落急湍。
> 瓶花贴妥炉香定，
> 长忆濡沫五十年。

（2009年5月25日）

舞台明星

金钢钻

金钢钻（1900—1948），原名王莹仙，北京人。其为秦腔青衣中之别裁，对河北梆子女声唱腔的丰富和发展，做出了无可替代的贡献，是卫派梆子青衣行当的代表人物。民国初年，金钢钻与著名女演员小香水合作，风头甚健。一位获得"秦腔泰斗"徽号，一位享有"梆子大王"美誉。她们在河北梆子历史上占有重要地位。

金钢钻因长年嗜毒致体力衰竭。1948年4月9日下午，在天津中华茶园演出《拣柴》时，她在台上突然眩晕难受，但以顽强的毅力坚持把戏演完，戏刚终场，就猝然昏倒在后台。同班艺人们找来一辆平板车，将其送往医院，但医治无效，于次日上午病殁。金钢钻这位曾经红及大江南北、为丰富河北梆子艺术做出过突出贡献的戏曲艺术家，生前一贫如洗，死后竟无钱购买棺木。多亏德高望重的银达子急公好义，借演《烧骨计》之机，身穿孝服跪在戏台上哭诉金钢钻凄惨而终的情景，向观众求助。观众出于对已故一代名伶的敬重和同情纷纷往台上抛掷财物。戏班同人就是靠这些观众捐助的钱财才把金钢钻草草安葬。有诗为证：

楸榆飒飒艾萧萧，

梓泽馀衷冷月梢。

香魂一缕随风散，

愁绪三更入梦遥。

（2008年7月14日）

李绮年

李绮年（1914—1950），原名李楚卿，广东人，少女时期流落澳门，当了一名性工作者。机缘凑巧，被前来买春的星探看中，主演了电影《生命线》，一举成名，被20世纪30年代的香港新闻界封赠为"电影皇后"，此前并无一人获此美誉。绮年崇拜阮玲玉，举手投足都以阮姐姐为模范。然命运叵测，1950年，因生意受挫，更加上为负心郎伤害，乃服安眠药自尽——连结局都与阮玲玉一模一样。她死在金边，年仅36岁。有诗为证：

人间春色渐阑珊，
红销香断有谁怜。
万丈红尘抛开易，
一段伤心愈合难。

（2008年7月21日）

梁氏三姐妹

20世纪30年代,领风气之先的十里洋场,舞榭从萌芽到勃兴,风气所趋,蔚为时尚。当时红极一时的舞女,首推南京路跑马厅对面大华舞厅的梁氏三姐妹。

梁氏三姐妹是广东中山人。大姐梁赛珍,曾有六年的从影经历,可惜演技平平,总是处于二流的配角地位,没有较佳作品留给早期影迷以深刻的印象。梁赛珍亦认清演戏前途有限,乃息影银幕,率赛瑚、赛珊两个妹妹,下海充职业舞女。

赛珍长身玉立,无比清秀;乃妹赛瑚、赛珊明眸皓齿,说不尽的慧美。尤其姐姐头顶为人羡慕的女明星头衔。三姐妹乃舞国皇后,颠倒众生,风头无两,使舞国群芳失色,拜倒在三姐妹石榴裙下的有闲阶级,一时如过江之鲫。当时三姐妹最出彩的是每晚新装一套,同一花式,一两个月,绝不雷同,颇为舞客津津乐道。

抗战爆发,三姐妹组成歌舞团赴南洋献艺,从此定居新加坡,渐为影迷、舞迷所淡忘矣。有诗为证:

来如春梦几多时,

去似朝云无觅处。

独倚高楼思悄然,

落月摇情满江树。

（2008年7月23日）

灵芝仙

坤伶中饰武旦者甚罕见,小金仙之后,唯灵芝仙足数矣。盖武旦于班中地位不高,鲜有以此立命的坤伶。而灵芝仙却叫座力甚巨,在20世纪初红极一时。关于灵芝仙的生平,我们所知不多,只知道她字绮青,是河北沧州青县人。

有诗为证:

粉墨英武卸妆娴,

苑中流水禁中山。

灵芝窃得夸仙手,

古调今人多不弹。

（2008年7月28日）

刘喜奎

刘喜奎(1894—1964)，河北南皮人，是第一位演现代戏的女演员。1913年于天津东天仙戏园首次演出杨韵谱改编的时装新戏《新茶花》。刘喜奎演女主角妓女新茶花，戴大帽，穿长裙，轰动一时。刘喜奎风情万种，妩媚妖娆。以满清遗老自居的故都名士易实甫对她垂涎八尺，赋诗发七愿云："一愿化蚕口吐丝，月月喜奎胯下骑。二愿化棉织成布，裁作喜奎护裆裤。三愿化草制成纸，喜奎更衣常染指。四愿化水釜中煎，喜奎浴时为温泉。五愿喜奎身化笔，信手摩挲携入直。六愿喜奎身化我，我欲如何无不可。七愿喜奎父母有特权，收作女婿丈母怜。"极尽猥亵之能事。然有胆公然传布，则又与内心变态之伪君子判然有别矣。演出"复辟"闹剧的"辫帅"张勋，也对刘喜奎朝思暮想，软硬兼施，欲纳为妾。一个颠倒众生的女子，确实"做人难"也。有诗为证：

> 娇羞绝艳生奇香，
> 颠倒众生女伶王。
> 苍龙日暮思行雨，
> 老树秋深更着忙。
> 难挡摩肩性骚扰，
> 叵耐接踵臭流氓。
> 此照距我隔四代，
> 一瞥亦觉心惶惶。

（2008 年 8 月 4 日）

赛金花

赛金花约生于 1872 年，江苏盐城人（一说安徽人），性工作者。她与状元洪钧和八国联军总司令瓦德西的传奇，人皆耳熟能详。"议和人臣赛二爷"虽然名满九城，其事却是子虚乌有。国人往往把国破家亡的责任归咎于侍寝娇娃，又常常将拯救民族危亡的大业寄望于青楼女子；这种变态心理其源何自，始终没能研究到家。

赛金花也是个狠角色。1903年7月25日，身为北京南城陕西巷一家妓院总经理的赛金花，将员工凤林逼死。凤林本为良家少女，被卖到妓院后始终不愿好好工作，经常得罪嫖客，以此经常被老总赛金花毒打。案发当日，妓院正隆重落实一项重要接待任务：财政部长鹿传麟的公子即将登门来嫖。关键时刻，凤林吞食大量鸦片自杀。将死未死之际，赛金花为不影响接待工作，当即买来解药，而凤林宁死不饮。赛总忍无可忍，痛加拳脚，致凤林一命呜呼。凤林生母赴官报案，兵马司审问出真情，当即将疑犯赛金花移送刑部。好在赛总与刑部亲如一家，只被罚款"三钱七分五厘赎银"，为凤林落棺埋葬了事。有诗为证：

国人最擅编瞎话，
议和人臣笑掉牙。

吊上膀子不松手,

至今仍说赛金花。

（2008年10月27日）

王汉伦

苏州美女王汉伦（1903—1978），是中国第一位女明星。在她之前，虽有严姗姗和殷明珠等享有声誉的从影女性，但后者所拍多是短片，不成气候，只能称为女演员。而女明星的称号，则自王汉伦始。

中国最早、最有影响的故事长片是明星公司出品的《孤儿救祖记》，导演张石川经多方物色，找到王汉伦演女主角。汉伦虽有一双改良派的脚，脸型却生得美丽动人，又很懂化妆术，加上雍容的姿色和蕴含的悲剧气质，非常符合角色的要求，演来富有"画里真实"之感。影片上演，立即轰动电影圈，在上海票房一路飘红，王汉伦一夜间成为中国第一位女明星。

王汉伦从影只四五年光景，后来被一法国人量珠聘

去。1930年在法租界开了一家"汉伦美容院",就此息影。有诗为证:

> 红尘艳影两悠悠,
> 眼前群雌正粥粥。
> 昔人已乘白云去,
> 此地空余黄鹤楼。

（2008年11月24日）

夏佩珍

夏佩珍(1908—1975),南京人,一生极富传奇色彩,也很悲惨。

伊生在南京一个贫民家庭中,家无隔夜之粮。她13岁那年的某一天,其父下定决心要把她送给有饭吃的人家寄养。在送她去寄人篱下的路上,经过夫子庙,忽被一看命相者拦住,谓此女五官清秀,天资聪颖,将来必有一段富贵日子,希望善加养育云云。夏父听闻悄然心动,乃将佩珍径送上海,托付给她的叔叔夏天人。

夏天人是上海文明新戏著名悲旦演员之一,佩珍经其引介,为张石川的明星公司罗致,重用于《火烧红莲寺》中,饰演昆仑派女侠甘联珠一角,连拍十八集,票房持续坚挺,不仅造成明星公司一段罕见的飘红高潮,也使佩珍成为红极一时的偶像明星,获得几乎是当时男女明星的最高月薪——800银元的幸运。

坏在佩珍的父母,唯恐已跃至一流红星的女儿成为富豪的猎取对象,或陷于电影圈风流小生的迷阵,远走高飞,弃置家人再堕窘境,乃设计令女儿染上毒瘾。佩珍从此一蹶不振,更因吸毒被判处三年徒刑。一代红星的青春、事业和一生的幸福,就此断送了。有小令为证:

悲,昙花一现辣手摧。再回首,一寸相思一寸灰。

(2008年12月5日)

裕容龄

裕容龄（1882—1973），别名寿山郡主，满洲正白旗汉军旗人。中国第一个芭蕾舞女演员。容龄的父亲裕庚，曾先后出任清廷驻日本和法国公使。裕容龄13岁时跟着爸爸到日本，延师教习英文和日文，跟红叶馆舞师学习日本舞，从日本宫内省大礼官学习外交礼节、音乐和插花。17岁那年，又随爸爸到法国，入巴黎女子圣心学校读书。她是中国舞蹈史上第一个学习欧美和日本舞蹈的中国人，也是唯一一个曾亲自向现代舞蹈祖师奶邓肯学习过自由派舞蹈的中国人。她还向法国国立歌剧院的著名教授萨那夫尼学习芭蕾舞。20岁那年，裕容龄随巴黎歌剧院登台演出《玫瑰与蝴蝶》。

裕容龄21岁回国，旋被慈禧太后招入宫廷，跟她的妈妈和姐姐德龄一起，任御前女官，还曾为慈禧和光绪帝演过西班牙舞、希腊舞和如意舞等。慈禧死后，她就告别了宫廷。30岁那年，嫁给广东珠海人（当时叫香山人）唐宝潮，此人生在上海，是唐绍仪的侄辈，其兄乃当年名震天津卫的大律师唐宝锷。

裕容龄用中文写过《清宫琐记》一书，还用英文著有《香妃传》。我翻弄了好久，找不到伊花信年华的照片，只好一瞻她老人家晚年的风采了。有小令为证：

美，观者惊艳难拢嘴。谁料得，舞者断秀腿？

（2009年1月12日）

周　璇

我成长的年代，没有一首歌唱青春、咏叹爱情的歌。所有的歌曲均少见人性色彩，都是"仇恨入心要发芽"，一路杀气腾腾。

周璇（1920—1957，江苏常熟人）的歌声，让我灰暗的心境泛出绿意。在《马路天使》中，伊与赵丹接吻，那是我平生第一次得到接吻的示范，为之激动了很久。周璇与邓丽君，都是我青春期的启蒙导师。

周璇从身世悲惨的弃女成为红透大江南北的明星得益于有"桃花太子"绰号的严华的竭力栽培。严华与周璇，恰似张艺谋和巩俐；劳燕分飞的结局，亦如出一辙。凡浸染恩情色彩的感情纠葛，连发展为爱情的可能性都不存在。建立在恩情地基上的姻缘，是经不起风雨考验的危楼，注定要楼倒伤人。如此这般的结局，舆论往往将更沉重的精神压力加诸受恩方，其实，施恩方才应该负更多的责任。

周璇有一首《疯狂的世界》，我百听不厌："鸟儿为什么唱？花儿为什么开？你们太奇怪太奇怪……我不要这疯狂的世界！疯狂的世界！"周璇在影片中唱出此曲时，她所饰演的角色已经发疯。后来，周璇本人也像《渔家女》的女主角一样，发疯了！有小令为证：

诉，昨夜西风凋碧树。路啊路，洒满红罂粟。

（2009年2月16日）

紫罗兰

1926年前后,紫罗兰是红透南粤的歌舞巨星,当时她才十四五岁。伊人真姓名不传,紫罗兰乃其艺名。出身贫寒,而天赋玉喉,珠声呖呖,如莺啭簧;又擅舞蹈,身段活泼,翩跹若仙;更加上体态婀娜,丰神如画,亦珠江灵秀所独钟也。当时粤省各种大型筵宴场合,无不以能请来紫罗兰歌舞助兴为殊荣。复经军政要人蒋介石、汪精卫等的赏识,声誉益隆,一经品题,身价十倍,每次度曲,非五十金莫办。各报亦争载其逸闻艳事,以增销路;而紫罗兰小影,媒体得者,珍若拱璧。据说蒋介石北伐前,在韶关誓师,语兵士曰:他日吾辈凯旋,当再与诸君痛饮于斯,更请紫罗兰当筵奏歌!——其推崇紫罗兰,有如此者。有诗为证:

艳色天下重,

阿兰宁久微?

当时明月在,

曾照彩云归。

（2009年3月9日）

严凤英

严凤英（1930—1968），安徽桐城人。

1945年春，严凤英在安徽桐城练潭张家祠首次登台，在《二龙山》剧中扮演女寨主佘素贞的丫鬟。因为演戏，她触犯了族规，差点被捆起来淹死。但她没有放弃，终至离开家庭，从桐城唱到怀宁、枞阳等外县，唱到当时的省会安庆，一直唱到中华人民共和国成立。1953年，严凤英加入安徽省黄梅戏剧团，1960年入党，一度出任剧团的副团长。1968年，她服下大量安眠药，一时未能遽死，在死亡边上挣扎。由于未能及时施救，延宕之中，白驹过隙，凤英停止呼吸，永远不再歌唱。

一位熟人，收藏石印篆章，其中一方，是严凤英用过的名章，边款刻"1952年无锡"字样，我曾反复把握，温润的石质透着悲凉。有诗为证：

巧笑倩兮美目盼，

绿水青山带笑颜。

从此不受世间苦，

彼岸或可唱天仙。

（2009年3月23日）

金少梅

金少梅，生卒年不详。她是和周信芳搭班的名花旦金月梅的养女，擅青衣。尝师从戏曲表演艺术家江顺化学花衫，颇传其神。20世纪20年代，北京女伶渐衰，几及末路，此时少梅入京，势乃大振。曾当过广东水师提督的李准，为少梅编剧多折，无论新编抑或旧戏，少梅登场，无不叫座。我曾在拍卖场上见到李准所书四条屏镜芯，忽然联想到金少梅，心中一动，鬼使神差地举牌拿下。有诗为证：

幸有高价卖书人，

为卿传世复传神。

笑吾未入罗浮梦,

也染生香笔底春。

(2009年5月11日)

章遏云

京剧继"四大名旦"之后,还有"四大坤旦"之目,章遏云(1912—2003,原籍广东)就是其一(另三位是雪艳琴、新艳秋、胡碧兰)。20世纪30年代,艺坛明星云集,但竞争之激烈亦犹如今日之影坛,非有特殊本事不能脱颖。章遏云的大红大紫除天生丽质和天赋歌喉外,更重要的是受到了大名士袁寒云的青睐。这位风流才子的身边不乏造星能手,例如大名鼎鼎的书法家章一山。1935年,章太史赋"赠章遏云宗媛"两首诗,一时和者蜂起。包括末代状元刘春霖,老名士樊樊山、金息侯、萧龙友、步林屋、张次溪等,当然更少不了"皇二子"袁寒云和他的老师方地山了。这场唱和,真是猗欤盛哉，效果不亚于如今春节晚会上的露脸。天津金石书画社后来将唱和之作原稿全部制成锌版，套红印刷，题名《遏云集》，成为收藏家追捧的珍品。另外还有一件与《遏云集》相映成趣的宝贝。樊樊山84岁那年，遏云前往拜谒，蒙老诗人赠诗二首，现场挥毫，尾款题曰"十三月二十八日樊山老人走笔赠诗"云云，而在钤起首印时，又把印章盖反了，此幅墨迹因此成为稀世之珍。有诗为证：

掸去红尘拂玉照，
柳条弄色花含笑。
香书艳墨今何在？
且捺痴思去睡觉。

（2009年6月1日）

白　燕

白燕（1920—1987），原名陈玉屏，广东惠州人，有"华南影后"之称,伊美艳入骨,似不染尘俗,一瞥惊为天人。广东惠州,距我现居所只一小时车程,遥想冥思,似有熏风袭来,暗香浮动。或云广东少产美女,证之白燕,大谬不然。

白燕1936年考入广州国际影片公司,次年到香港演出第一部电影《锦绣河山》。伊擅长饰演遭遇不幸的女性和端庄贤淑的母亲,与吴湖帆合作最多,堪称珠联璧合。主演的名片包括:《蝴蝶夫人》(1940)、《春》(1953)、《寒夜》(1955)、《春残梦断》(1955)、《豪门夜宴》(1959)、《人海孤鸿》(1960)、《可怜天下父母心》(1960)、《回魂夜》(1962)、《孽海遗恨》上下集(1962)、《沧海遗珠》(1965),等等。

1964年,伊演罢《疯妇》,旋退出影坛。1987年5月6日,因骨癌不治,于香港辞世。有诗为证:

> 岂忍艳骨便生癌,造物此举坏透哉!
> 明年陌上花开日,可有相识燕子来?

(2009年6月28日)

佳人逸事

沈 寿

沈寿（1874—1921），初名云芝，号雪宧，江苏吴县（今苏州）人。生在苏绣之乡，父亲沈椿经营文物古董，母亲宗氏擅长刺绣。沈寿自幼耳濡目染，即能拈针弄绣，16岁时就已享誉苏州。20岁与客寓苏州的绍兴才子余冰臣（又名余觉）结婚。余善绘画，精通书法艺术。婚后夫妻共同研讨，沈寿绣艺大进。

1904年，慈禧太后七十寿辰，筹办寿礼，沈寿赶制八幅绣品进呈，慈禧叹为绝世神品，亲笔写了"福""寿"两个大字赏赐。余觉得"福"字，更名为余福；沈云芝得"寿"字，更名为沈寿。这一年，沈寿和余福到北京，开办了中国第一所公立刺绣学校。

1911年，沈寿绣成《意大利皇后爱丽娜像》，作为国礼赠送意大利。意大利皇帝和皇后赠沈寿钻石金表一块答谢，并将这幅作品送意大利都朗博览会展出，荣获"世界至大荣誉最高级卓越奖"。1915年，沈寿绣的仿真绣《耶稣像》，获巴拿马万国博览会"卓绝大奖"。

1914年，张謇在南通设立女工传习所，沈寿应邀为总教习，并兼任绣织局局长。在此任上，著中国首部绣品专著《雪宧绣谱》。这里还有一段绯闻（也可称为丑闻）。张謇尝患精神性阳痿，中状元后，为沪上名医黄石屏针灸治愈，一举而生子孝若；再举而进攻沈寿，从暗度陈仓到明通款曲，双宿双飞，俨然夫妇。沈寿死，竟葬于张謇家乡南通。余福恚愤不已，撰写冤启，四处发放，腾传一时。有诗为证：

> 别裁织锦字旋图，
> 乍惊神品世间无。
> 日前阅市觅遗韵，
> 一塌陋赝尽糊涂。

（2008年11月10日）

苏　青

苏青（1914—1982），本名冯允庄，是随张爱玲飓风刮出来的"文物作家"。她最牛的创作就是将《礼记》中的名言重新断句，成为"饮食男，女人之大欲存焉！"化腐朽为神奇，令人拍案激赏。

上海沦陷期间，苏青在沪上办杂志，不知因何机缘，与"市长"陈公博打得火热。据陈存仁《抗战时代生活史》云，当时白报纸匮乏，价格暴涨，陈公博乃大笔一挥，批给苏青白报纸500令。苏青拿着"市长"手谕，到外滩某大仓库搬运纸张。她坐在大卡车司机位旁亲自押运,招摇过市。次日,有小报刊一漫画,为漫画家江栋良所绘,画一大脚女人坐在一辆载满白报纸的卡车上,神态生动,一时传诵。后来,苏青也曾写过影射自己与陈公博关系的小说,特别强调了陈公博的大鼻子,腾笑士林。

　　陈存仁先生的大作,小说笔法,趣味盎然。唯写到苏青时,两度将"饮食男,女人之大欲存焉"还原为"饮食男女,人之大欲存焉",并以后者为苏青"成名作"。推想此或出于责编或校对误改,而非存仁先生原误。白璧之瑕,不无憾焉。有诗为证:

　　　　罪恶之城活着难,
　　　　男犹萎缩女更艰。
　　　　结婚十年堪传诵,
　　　　隽才苏青非汉奸。

　　　　　　　　　　　　(2008年11月17日)

王映霞

王映霞（1908—2000）在自传中说："如果没有前一个他（按指郁达夫），也许没人知道我的名字，没有人会对我的生活感兴趣；如果没有后一个他（按指钟贤道），我的后半生也许仍漂泊不定。历史长河的流逝，淌平了我心头的爱和恨，留下的只是深深的怀念。"

也可以说，没有王映霞，我们看不到郁达夫那些极其出色的旧体诗。或许，正是王映霞，最终激发了郁达夫义无反顾的英雄浩气。

20世纪90年代初，友人相告，王映霞就住在我所租住的小区，距我的寄居之处只隔两栋楼。我很想一瞻这位美丽老太太的风采，可惜一直未找到合适的机会。有诗为证：

一霎青春不可留，
为谁漂泊为谁愁。
百年心事归平淡，

满堂花醉我何求。

（2008年12月1日）

杨惠敏

1937年10月28日晚，杨惠敏（1915—1992，上海人），冒着生命危险渡过苏州河，把一面青天白日旗交到国民党军88师262旅524团官兵手里。这个团的团长就是名诵一时的抗日壮士谢晋元，他率领的524团，号称"八百壮士"，其时正坚守上海四行仓库。据报道，谢团长接过大旗，于翌日凌晨4时，命令三战士将其插在四行仓库六楼顶上。当日本鬼子发现这面旗帜时，便疯狂发动第七次进攻，用机枪扫射，"八百壮士"遂奋勇还击。日军进攻到下午2时，遗尸数百，一无所获。当天全世界各大晚报，都报道了女童子军杨惠敏代表全上海市民向孤军献旗的情节，并配发照片。20世纪70年代，台湾出品《八百壮士》影片，林青霞饰演杨惠敏，再现彼情彼景。

很多年后,曹聚仁撰文指出,所谓女童军献旗、"八百壮士"坚守四行仓库一幕,都是自编自演的感人戏剧。四行仓库本是贮藏煤气之处,日军投鼠忌器,不敢贸然袭以军火。究竟内情如何,不得而知。事实是,"献旗"之后,"八百壮士"迅速撤离,上海瞬间沦陷。有诗为证:

> 重重叠叠史间埃,
> 厚积浓布化不开。
> 或说此鹿原是马,
> 亦云该马本骡胎。

(2008年12月15日)

杨秀琼

1933年10月10日,中华民国第五届全国运动会在南京召开,历时10天,于20日闭幕。来自香港的游泳选手杨秀琼(1918—1982,广东东莞人),一人囊括4项冠军，包揽女子游泳全部金牌。秀琼身材健美，面目清秀，引起全国媒体关注，轰传爆炒，"美人鱼"的雅号一时家喻户晓。宋美龄于闭幕式现场认她为干女儿；民国大员储民谊，亲自为秀琼乘坐的马车执鞭拉缰，游览中山陵，也因此赢来"拉马秘书长"的绰号。

秀琼1937年嫁给有"北国第一骑师"美誉的陶伯龄，旋闪电式离异，成为范绍曾的第十八房姨太太。范绍曾是袍哥出身的绿林，后投靠蒋介石，娶秀琼时为第88军军长。此人肥头大耳，憨态可掬，眼睛眯成一条缝儿，傻呵呵一副尊容。嫁与此人作妾，秀琼的心境，可以想见。不久，她就远渡重洋到加拿大定居，离开了"傻子军长"。此后情况，不得而知。有诗为证：

珠冠凤袍一瞬销，

秋心似海复如潮。

清明涕送江边望，

千里东风一梦遥。

（2008年12月29日）

赵一荻

关于赵四小姐（1912—2000，浙江兰溪人，生于香港）的传奇，人人耳熟能详，无须再来摇舌讨厌。她那绰约如仙的风姿、动人心弦的美丽，让人过目难忘。这样一位女孩儿，从20多岁起就陪同爱人过起幽囚的生活，一直到88岁死去。将近一个甲子，四目相对，无边的寂寞，全靠两个人互相排遣；长途跋涉，只有两双手相扶；艰难困苦，全凭两颗心靠拢。设身处地，要是把我与妻置于一个与世隔绝的地方，关上五十多载，我连想下去的勇气都没有。或云二人世界是天堂，那只是二人尚未成世界之前的想法。一旦二人世界形成，持续绵延，则又云："何如盈盈隔水时？"是以只有赵与张的爱情，才有资格称伟大。其余你我，不过尔尔。有诗为证：

一天一天又一天，

日日月月复年年。

长夜默诵七八九，

永日重数一二三。

（2009年1月19日）

朱梅馥

朱梅馥（1913—1966，上海人），与傅雷青梅竹马，定情后，傅雷即赴巴黎留学。浪漫之都，岂能无事？一名叫玛德琳的法国女子闯入了傅雷的视野，搞乱了才子的心。据傅雷老友刘抗回忆，两人恋爱，在傅雷一方是热情如火，披肝沥胆，而女方却心猿意马，别有怀抱，始终唱不出一曲合欢调来。傅雷极度失望之余，几乎吞枪自尽。经此一历，傅雷痛定思痛，倍觉梅馥的可爱，于是从此从一而终，相爱弥坚。

看照片可知，朱梅馥秀丽，有很高的审美价值；秀丽中透出贤淑，有不低的道德价值。"把有价值的毁灭给人看"，正是悲剧时代的题中应有之义。1966年9月3日，傅雷与朱梅馥双双自尽。有诗为证：

山河风景原无异,

城郭人民半已非。

夫妻本是同林鸟,

患难岂忍各自飞。

（2009年2月23日）

陈洁如

陈洁如（1905—1971），祖籍宁波，生于上海，14岁时在张静江家初遇蒋介石，蒋惊为天人，乃穷追不舍。陈母遣人调查，知蒋已有一妻一妾，且是"待业青年"，遂拒蒋于门外。蒋则允以明媒正娶，声明洁如为"独一无二之合法妻子"，终于在上海永安大楼举办婚礼。及至蒋出任北伐军总司令，急需上海财团供给军需，遂与巨富宋氏家族联姻，娶宋美龄为夫人。蒋为达成目的，强送洁如赴美回避，行前并在佛像前誓曰："我发誓，自今后五年起，必恢复与陈洁如婚姻关系，如若违反，祈求我佛将我砸毙，将我南京政府粉碎，逐我于异邦,至死不返。"陈洁如孤立无援,只得洒泪就道。终其一生,仍对蒋公一往情深。晚年居香港,撰写回忆录,国民党买通出版商将其书稿高价买下,束之高阁。直到伊辞世,乃见天日。有诗为证:

> 翻手为云覆手雨,
> 凭据何曾堪凭据。
> 郴江幸自绕郴山,
> 为谁流下潇湘去。

(2009年4月13日)

陈 琏

陈琏(1919—1967),浙江慈溪人,其父陈布雷,是国民党的"领袖文胆"和"总裁智囊",素有"国民党第一支笔"之称。1948年淮海战役之后,追随蒋介石多年的陈布雷自杀了。

陈布雷不许儿女从政,他的子女中没有一个国民党党员。但是他的女儿陈琏却在他不知情的情况下，和丈夫袁永熙在1930年加入了中国共产党。1947年，陈琏被国民党政府逮捕，为陈布雷设法保释出狱。1949年后，陈琏曾被任命为中共北京林学院党委书记，但未到任，1962年后在中共华东局宣传部供职。其夫袁永熙曾任清华大学党委书记，1957年被打成右派，陈琏与之离婚。

陈琏的弟弟，亦即陈布雷的六子陈遂，亦在1957年被打成右派，发配宁夏劳改，1962年挖野菜充饥时，误食毒草，不治而亡，时年36岁，尚未成家。

陈琏在1967年11月19日从上海泰兴大楼八层寓所纵身跳下，粉身碎骨，时年48岁。有诗为证：

> 虽有云屏不自娇，
> 辜负香衾事早朝。
> 桃花尽日随流水，
> 洞在何处找不着。

（2009年4月20日）

福芝芳

陈凯歌导演《梅兰芳》,浮光掠影,允为戏说,绝非传记。梅兰芳之伟大杰出,无须拔高,只要真相,拔高的结果是对梅先生的厚诬。剧中对梅先生与福芝芳感情的描述,也显得色彩昏暗,境界阴郁。福芝芳(1905—1980,北京人)初演八角鼓,继演皮黄、青衣。时论以为"萧然物外,不染尘俗"。后嫁梅郎,玉树琼瑶,观者皆以天上凤凰、人间麒麟视之,真正一双两好神仙眷侣也。唯个中真相如何,连其哲嗣梅葆玖也不能说清。可见夫妻感情之事,局外人永远雾里看花也。有诗为证:

蒹葭苍苍露为霜,
所谓伊人兰芝芳。
啥鹏啥锋啥菲恋,
绝配仍数此鸳鸯。

(2009年5月4日)

卷三

色香味居

忽如一夜春风来

我国古代的性学研究要比现在发达得多,房中术堪称显学,著述汗牛充栋。如《素女经》者,从阴阳和谐着眼,认定性生活除能够滋养生命、保证生殖功能外,更能享受到销魂的快乐,充分舒展人性。就这观念,放在今天看,也是光彩照耀全球的。及至宋明理学独霸话语权,性学黯然式微。清朝三百多年,于性欲快感,羁勒尤甚。

民初有粤人张竞生者,留法归来,立志普及性学。

1920年跑到广州，向省长兼督军陈炯明条陈，倡计划生育，请从广东首开其端，旋于全国张大其事。张氏强调，制育并非绝育，目的在于优生优育，提高人口素质。他呼吁陈炯明，立即制定计划生育法令，设立避孕局。他极力主张优生、少生、晚婚，一对夫妇至多只准生两胎，超生者要罚。陈炯明当时已有绕膝儿女十多个，以为张竞生矛头乃是对准自己，斥为妄谬，对左右云："哪儿来这么个疯子啊！"虽不采纳其言，毕竟还容许张氏著书立说，阐发其观点。

稍后，有周作人氏、潘光旦氏，大力介绍霭理士性学理论，并对吾国性发展史索隐抉微，嘉孺子而哀妇人，推宽容而倡清通，主张并包各种不同的性取向，尊重少数族群的性选择。蔼然智者之言，悲天悯人，博大精深，至今仍是渡世金针。

到20世纪80年代，沉寂绝响三十多年的性话题又被提起，沪上刘达临氏"开风气之先"，著《性社会学》，建性博物馆，其价值在于填空补白，犹似武昌起义，富于革命性。而其著述，观点之陈腐虚伪，材料之良莠丛杂，论述之语无伦次，皆不足道也。近来愈加横炒旧饭，陈词滥调，肆于坊间。尽管如此不堪，而其人创榛劈莽之功，不能因此而抹杀也。

忽如一夜春风来，李银河单枪匹马，率性上阵，东张西望，前仰后合，不仅接续上吾国性学的悠远血脉，而且给这个饱受侮辱摧残的领域注入了现代科学的思想活水。她从人本主义的视角考察性活动，认为人类的性与爱不仅不是低俗的品性和行为，反而是很崇高的；不仅不是小事，反而是很重要的。性与爱同人的自我有着极大的关系，如果一个社会、一种文化重视人的自我，它就会重视性与爱；如果一个社会、一种文化轻视人的自我，它就会轻视性与爱。国人习惯了这样的观点：政治、经济发展这类事情才是最重要的，个人的欲望、快乐与行为方式根本无足轻重。而归根到底，政治和经济的发展只是工具，人的幸福和快乐才是目的。我们为什么如此喧宾夺主？为什么常常把手段当成了目的而令目的受到冷落呢？

遗憾的是，偌大一个中国，像李银河这样的"目的论"性学研究者,实在实在是太少太少了!

(2006年4月4日)

大隐隐于"色"

天生丽质难自弃,玉洁冰清的美人是造物的杰作,理应"诗意地栖居于大地"。汉武帝要筑金屋藏娇,未免唐突美人。还是曹雪芹有高屋建瓴的大气,水做的女孩儿宜乎栖息在太虚幻境,即所谓"幽微灵秀地,无可奈何天"是也。

在爱女人胜过爱自己的男人(比如本人)眼中,美人所居,应是种植仙葩的阆苑、辉映明月的清波。追求或迎娶风华绝代的美人,应在沉香亭北,起一绣楼;

或在瑶台月下，筑一曲房；或在群玉山头，置一别馆。原则上要素洁清雅，摒除一切俗物。室内布置必须空灵精致，如天然石茶几、藤床、醉翁床、小榻、小墩、禅椅、香案、笔砚、彩笺、酒器、茶具、镜台、妆盒、琴箫、棋枰，等等。壁上挂几幅与闺房相宜的书画，当然要排除奶油男星腻腻歪歪的照片，最好是《浔阳遗韵》那样的佳作。画下置香檀书案，斜倚董桥《文字是肉做的》和余秋雨《山居笔记》等书册。室外须有曲栏纤径，名花掩映。如果院子太小，也要弄些盆盎景玩，巧加装点。如此清丽雅洁的境界，才是理想的美人香居。美人固然不可总是上班加班，那样会憔悴了花容；也不能总是独守香闺，那样会单调出病来。当于春秋佳日，雅集二三子，皆为翩翩浊世之佳公子。小扣门环，美人出迎，有如方离柳坞，乍出花房，但行处，鸟惊庭树，将到时，影度回廊。入院，窗台上摆着开得正好的兰花；登堂，凉杯里盛着没被污染的泉水，冰箱里藏着甘洌的啤酒；入室，聊天儿前嚼几枚橄榄，饮酒时佐几片百合；抬头能看见鹦鹉架，放眼能欣赏白鹤群。卢梭说得好：

"女人最使我们留恋的,并不一定在于感官的享受,主要还在于生活在她们身边的某种情趣。"周国平说得妙:"的确,当我们贪图感官的享受时,女人是固体,诚然是富有弹性的固体,但毕竟同我们只有体表的接触。然而,在那样一些诗意的场合,女人是气体,那样温馨芬芳的气体,她在我们的四周飘荡,沁入我们的肌肤,弥漫在我们的心灵。一个心爱的女子每每给我们的生活染上一层色彩,给我们的心灵造成一种氛围,给我们的感官带来一种陶醉。"

语云,大隐隐于市。其实,真正的大隐是隐于"色"的。芙蓉如面柳如眉,花能解语,清宵梦回,饶几多枕上烟霞,面对这样的艳遇,名利之心,铜臭之气,顿作鸟兽散矣。

(2005 年 5 月 17 日)

做一场夜雨润花的美梦

在很久很久以前,文化人的日子是过得很舒服的。住房不紧张,家境好的,有高大的房子和宽敞的院子,里边种各种花草,甚至还开凿了人工湖。一般说来,工作也不累,精神压力小,下班后,有充裕的时间坐在花前月下发呆,想一些清雅的事情。吾国文学史上有"闲情"一目,因为生活节奏舒缓,"闲"出几缕"情丝",于是就有了《闲情偶寄》《花底拾遗》等闲文。

闲情文字的主要题材是美女和鲜花。鲜花是美女的影像，美女是鲜花的真身。所以写鲜花实在是醉翁之意不在酒。在文化人的理想中，鲜花境界，只配有美女和她钟情的郎君存在，顶多还有一个清丽的丫鬟。就物类说，只配有蝴蝶、蜜蜂、黄莺、鸳鸯、鹦鹉存在。此外一切尘俗都不能阑入花丛。鲜花与美人，就色说，都有深浅浓淡之分；就香说，都有清浊轻重之别；就形说，都有尖圆单复之致；又都妖娆其态，艳冶其容，最能体现造物一番苦心。因此，鲜花如无美人领略鉴赏，形同虚设；美人若无文化人相伴，浪费资源——最后这句才是文化人的本意。

文化人闲卧花底，梦想天开，有美人娉婷飘落，不必说话，只要做一些雅事就行了，比如：春天细雨中，为嫩蕊祈祷晴天。在湖山背阴处洗澡，出浴时有落红飘上雪白的肌肤。枕着鲜花春睡，引得蝴蝶飞入红绡帐中。调教鹦鹉，让它背诵百花诗。身披透明白纱裙躺在蕉荫石几上纳凉。和郎君一起摇晃桃树，弄落满地绯红色的蜜桃。晚餐只吃菊花。碧纱窗下，临摹疏影做刺绣谱。在嶙峋怪石下洗澡，聆听水仙开花的声音。站在满地落花间梳头。小嘴凑近枝头呵化积雪。捣碎凤仙花涂染指甲,弹一曲古筝。咬破手指头,在荷叶上写情书。绿荫深处学鸟叫哄人。收集花瓣和绿叶上的露水沏茶。玩儿斗草游戏弄湿罗裙。骑马摘花不慎险些坠落,情急中一把挽住垂柳自救。花丛中传出窸窸窣窣的声音,惊声低呼"是谁?"春天的夜晚捧出一坛荼蘼露酒,边饮边拿酒浇海棠花。收藏花瓣充实绣花枕头。用松针柳线为心上人缝制一袭荷叶衣。每天早晨以花梢露水当饮料。玉手剥出莲子,送到郎君嘴里……这一连串香艳幽思,折射出文化人精神领域的重要一面,因为追求的是居家生活的"小"境界,所以不为主流文化所容。既然氤氲着诗情画意的闲情逸致永远不再,那么做一场夜雨润花的美梦,总算慰情聊胜于无吧。

(2005 年 5 月 24 日)

有一个词叫作"惆怅"

有一个跟我保持着纯真革命友谊的女孩儿,在我看来,伊组装得天衣无缝,论弹性袅袅娜娜,论灵性冰雪聪明;乍一看让我心醉,再一看让我心碎。诗经有云:"今夕何夕,奈此良人何?"描述的就是这种感觉。突如其来的美丽一把攥紧心房,有如心脏病突发,不知咋办才好。有一个词叫作惆怅,很久以前我不知道是啥意思,更不知道这惆怅是啥滋味。自从我遇见了伊,就是把惆怅烧成灰,我闭着眼睛也能把它还原。

美人风情，在理论上可以分为四个方面。一曰态：点染红唇，媚体迎风，这是喜悦之态；星眼微嗔，柳眉深锁，这是恼怒之态；梨花带雨，蝉露秋枝，这是哭泣之态；鬓云乱洒，胸雪横舒，这是春睡之态；金针倒拈，绣屏斜倚，这是慵懒之态；长鬟减翠，瘦靥消红，这是抱病之态。二曰情：惋惜落红，踏月寻踪，这是芳情；倚栏远眺，花径徘徊，这是闲情；面对小窗，凝神发呆，这是幽情；含羞蓄娇，附耳细语，这是柔情；没日没夜，忽笑忽哭，这是痴情。三曰趣：镜里容，月下影，隔帘形，这是空灵之趣；灯前目，被底足，帐中音，这是逸兴之趣；酒微醺，妆半卸，睡初回，这是另类之趣；风流汗，相思泪，云雨梦，这是奇诡之趣。四曰神：神采飞扬，则人如鲜花；神清气爽，则人如秋月，如玉壶冰；神情困顿，则人如软玉；神思飘荡轻扬，则人如茶香，如烟缕，乍散乍收。

这种四分法，当然是为了叙述的方便，而在活人那里，神态情趣，浑然一体，活色生香，构成美人销魂的魅力。这样的女孩儿，平生难得一遇，遇上了又能成为知己,那更是难于上青天了。一般来说,美人当前,光彩照人,有自知之明的男人如我者,往往自惭形秽,止步不前了。美人能看上的男人则是凤毛麟角,又多是花心大萝卜。所以历史上出类拔萃的美人在感情上往往遇人不淑,多灾多难。而那些对圣洁的美人抱着只可远观、不可近摸心态的男人,反而有可能因了情真意切和自重重人而受到爱神的眷顾。无心插柳柳成荫这句话并不是说着玩玩的。在完全出乎意料,毫无精神准备的情况下,两个陌生的身体突然互相呼唤,两颗陌生的灵魂突然彼此共鸣,而未到天亮说分手,去似朝云无觅处,尤其是临去秋波那一转,真让人万里系心,相思千古。古人云,姑苏台半生贴肉,不及若耶溪头偶遇一面;紫台宫十年虚度,那堪塞外琵琶铿然一声。惆怅啊惆怅!

(2005年5月19日)

女人就是用来爱的

移民大都市里靠工薪过日子的女子,从生理到心理,压力不堪忍受。某单位一份集体体检的病例资料显示,子宫肌瘤、卵巢囊肿、乳腺癌变、胸膜积水……种种恶疾,触目惊心。报载,不少女子不到四十就已绝经,提前进入更年期。又有二八少女,昏然而交,懵然而孕,腹痛如厕,呱然诞子,以致手足无措,哀毁骨立,甚至发生将亲骨肉弃之如敝履的人伦惨剧。花样年华,人生画卷尚未展开,便已饱尝悲苦辛酸。大家口头上都承认女人和男人是同等的人，却很少有人强调女人和男人是不同样的人。无数男人匆匆忙忙皆为利来，熙熙攘攘都为利往，即便有人稍微停下脚步关注一下身边的女人，也多半与性有关，设身处地体察女人实际处境者，盖属罕见。事实上，世界仍然是男人的。男人征服了世界，就会征服女人；而女人却必须要先征服了男人才能间接征服世界。

概观女人的一生，少女时代，盈盈十五，娟娟二八，如含金嫩柳，如芳兰芷若，如雨前绿茶，身体散发着自然真香，笑脸流露着天然真色。三十而往，如日中天，如月满轮，如春半桃花，如午时盛开牡丹，无容不逞，无工不致，无任不胜。迨及四十，虽年华及暮而风韵可能更动人，姿色渐淡而意态可能更幽远；约略梳妆，偏偏饶多雅韵；简素服饰，恰恰本色宜人。如窖藏的老酒醇了，如霜后的橘子红了。这几个阶段，是一生最快意的时光。姑且算她如花美眷二十年，当如抚琴鼓瑟，一弦一柱，弹奏的都应是似水流年。每个男子，都有自己心爱的女人，在本人来看，女人就是用来爱和呵护的。女权主义者听了这话可能会怒发冲天，呓声动地。我才不在乎呢。我的女人赞赏我的立场，这就够了。我和我心爱的女人，向往能每周去听一场音乐会，看一部话剧，赏一场京戏，管它懂不懂，互相依偎着就好。戏剧散场，去西餐厅就着蜡烛饮一杯苹果汁，不过瘾再来一杯雪梨汁，然后手拉手散步回家。我们更向往高级的浪漫：春日艳阳，帮她穿上适体的薄罗轻纱，鲜花助妆，相携踏青，看翠色逼人而来。入夏，好风南来，香肌半裸，纨扇轻挥，湘簟清眠，任幽韵撩人而痒。秋风乍起，凉生枕席，渐觉款洽，携手共登高楼，爽月窥窗，恍拥婵娟而坐；或共泛秋水，看芙蓉向脸两边开。秋去冬来，雪花满空，红妆素裹，绿蚁新醅酒，红泥小火炉，寒冬里别有一番春色。我们心爱的女人，一生都应该过着阳光灿烂的日子。红颜易老，花自蓓蕾以至烂漫，一转瞬耳。哥们儿，趁春色正好，千万不要暴殄天物啊！

（2005年5月26日）

"女"字从头说

男人对女人的态度,非常微妙,讲究的是恰到好处地把握分寸。孔仲尼老师早就教导过我们,这世上最难侍候的就是女人和小孩子,你太宠着她,她就"不逊",意思是蹬鼻子上脸;但是你要太疏远她,她就会抱怨不已,总之是非常麻烦,很不好弄的。孔老师的结论实际上是男权社会对待女人态度的总结,这一点我们从造字这件事上也能琢磨出来。

"女"字本是个象形字,乍一看像个虫子,再一看还是像个虫子。研究甲骨文的老师说，"女"字像一个人跪在地上而两手有所操作之形。这证明在造这个字的时候，男人们就已经把女人的角色给定位了：女人不是社会角色而只是家庭角色，她只需跪在地上问她的男人她应该干什么和怎么干并且干好就行了。《说文》说"女，妇人也。"这是泛指，如果细分，则处女曰女，嫁人曰妇。处女和妇女，不一样就是不一样。《红楼梦》里凡称"姑娘"的，皆为"女"也；凡叫"婆子"的，无非"妇"也。所谓"女人是水做的"，只是说"女"是水做的，绝不包括"妇"。"妻"字也是象形字，像一个女人手里拿着扫帚之形，说明妻子的主要工作就是洒扫庭院而已。

既然女人并没有社会地位，那么把所有莫名其妙的坏事都推到她们身上就正是理所当然的了。淫乱的"淫"、惭愧的"愧"、贪污的"污"，古字都是从女字偏旁的。嫉妒的"妒"、妄诞的"妄"、奴才的"奴"、贪婪的"婪"，到现在还赖住"女"字不放。

但是男人不得不承认只有女人才是美的载体，所以，当要表达"美好"这个意思时，不得不将"女子"合在一起。"好"字集合了世上一切美丽事物，囊括了人间所有善良取向，而表达这么伟大意思的字，非"女子"莫属。男人对待女人的最终态度，在这个"好"字上昭然若揭了。他们拼命地贬低、踩踏、压制她们，还不是为了死死地掌控她们、占有她们，让她们乖乖地听话，让向东不向西，让打狗不撵鸡嘛。还有一个有力的证据，就是令人发指的"奸"字，这个字的本义就是男人强暴女人，犯了奸淫罪，后来引申为所有犯罪行为，如"作奸犯科""汉奸""奸贼"，等等，没一个好东西。这正说明，强奸自古以来就被当成一种丧心病狂的罪恶，要严厉制裁的。"奸"字传达了保护女人不受侵犯的男性心理。当然，保护女人不受别人侵犯的目的很可能是留着自己"侵犯"。不过我们从发明文字这个过程中可以窥见吾国男人对女人的矛盾情感，真是又爱又怕，近了受不了，远了舍不得。女人要主动，他骂她犯贱；女人不主动，他骂她阴暗；女人不管事，他骂她懒散；女人一掌权，他骂她扯淡。

众所周知的事实是,男人胜利了,女人作为性别整体在社会上消失了,隐退到家庭去从父从夫从子。女人忍了几千年,终于忍无可忍,起而反抗,两军不断交火,力量对比悬殊,娘子军屡战屡败,屡败屡战——这就是历史,这就是几千年的文明史。

(2005 年 11 月 30 日)

女人香

法兰西民族的罗曼蒂克传统独树高标,这种独特气质的形成,我想应该与普罗旺斯盛产的香草不无关系。

徜徉于普罗旺斯的梧荫石径,总有一种妙不可言的馨香缭绕心神,把潜隐于暗中的情欲不绝如缕地勾引出来。欲望与香气缠绵欣合,氤氲出一种浓得化不开的馥郁氛围。大块噫气,人俯仰呼吸其间,自然滋养出一种甜蜜的忧郁。忧郁中并无真正沉重的悲剧内容，只是欲望在寻找到出路之前的那种焦虑和悱恻，所以贯穿于忧郁中的只是生命、青春、爱情等美丽的花瓣。在这种氛围中生活，真正是上帝的恩赐。当然，也昭示了上帝的偏心和不公。委顿如我者，明显不是可被此间接纳之人。情急无用，只有掏钱，精选了一种麻袋片包装的薰衣草，取其朴野浑成，装了半个行囊。万里迢迢，背回莲花山下、新洲河旁，分送给怀春或思春的女人们。女人们捧了香草在手，放在唇上鼻下，揉揉嗅嗅，便有不易察觉的红晕在两腮洇了开去，平添三到七分妩媚。能在晚秋时节搅乱一汪春水，不自豪一下都不成啊。

种种迹象表明，女人本身就属于花花世界，是自然的一部分，花是女人的魂魄，女人是花的精灵。花以其色香味迷人，女人也正是如此。在对待色香味的态度上，东西方有不同的美学标准。西人求爱，必先用一束玫瑰花熏醉姑娘的芳心；吾人求婚，总要拎着二斤猪头肉去垂钓老丈人的馋涎。如果吾人也学西人捧玫瑰花上门求婚，必被当成花花公子，婚事也往往泡汤。

西人吟咏道:"你靠近我／带着清晨青草／新修剪的味道／我的身体软了下来。"又云:"我已用没药、沉香、肉桂／熏香我的床榻／来吧,让我们饱享爱情／直到香气被阳光吹散。"享受的是欲望的满足和人性的舒展。吾人则吟道:"制芰荷以为衣兮／集芙蓉以为裳。"又云:"众女嫉余之蛾眉兮／谣琢谓余以善淫。"且不论其言外之意如何,单就形象论,是一个男性臣子着女人装、做女人腔,哭诉忠而见疑的郁闷和哀怨。西人常常将心爱的女人抱到花丛中亲热;吾人则爱护花园中的花甚于爱惜自己的女人。魏晋时的石崇和唐代的白居易就是典型的例子,想必大家都已耳熟能详,就不啰唆了。当然,现在的情况有了大大的变化,社会总要进步的嘛。我的意思是说,我们爱女人,也就是爱大自然。不同的是大自然正在远离我们,桑间濮上的清纯朴野已被游人的两脚踏成了时尚文化。好在我们还有女人,她们身上披着自然的芳香,闻两个钟头,能抵得十年的尘梦。所以我们必须警惕在女人身上出现"文化"的苗头,这也是保护生态平衡的重要内容。塑料花再逼真再漂亮,也永远是鲜花的赝品。尽管鲜花终有一天要枯萎凋谢，我宁可像叫花子独卧荒郊花冢旁了此残生，也不要像二傻子坐在花厅守着塑料花发呆。

（2006年1月5日）

美丽的错觉

与女孩子吃饭,菜过五味时,她们无一例外地要补补妆。生疏些的往往去卫生间,熟悉的径自在座上掏出化妆包对镜匀面。补妆最重要的工序是涂抹口红,香唇一经点染,媚韵霎时倍增。白居易诗云:"樱桃樊素口,杨柳小蛮腰。"此后遂以樱桃小口作为衡量性感女孩的重要尺度之一。在古人眼中,"朱唇缀一颗樱桃,皓齿排两行碎玉",就是标准的美人。其实,所谓樱桃小口不过是点缀口红后造成的视觉错觉。我们看电视剧《汉武大帝》，女人们只是用胭脂在唇心处点成樱桃大小的一个红圆，突出了樱桃小口的概念，卸妆后她们的嘴巴不知要比樱桃大多少倍呢。不过，现在的审美观念早就变了，好莱坞的朱莉娅·罗伯茨和吾国山东大妮巩俐，都以大嘴美女名世，谁能说她们不性感呢？

口红起源于何时，至今没有明确的考证。五代马缟《中华古今注》中有"燕脂"条目，说是起源于商纣王时代，"以红蓝花汁凝作燕脂。以燕国所生，故曰燕脂。涂之作桃花妆"。清初伍端龙作《胭脂纪事》，说胭脂是紫姑发明的。相传紫姑为寿阳人李景之妾，为景妻所妒，常役以秽事，于正月十五含恨而死。紫姑事迹主要见于南朝刘敬叔《异苑》、清代顾张思《土风录》和余正燮《癸巳存稿》这三本书中，我查遍这三本书，发现紫姑跟发明胭脂一点关系都没有。遂知这厮是假借紫姑说事，属于"戏说胭脂"一路。然其记炮制胭脂经过情节曲折，挺有意思：每年的正月十五到立夏前这段时间，炮制胭脂的女人们从中选一个晴朗的日子，早晨先到紫姑庙祭祀紫姑，祭毕便去采撷当令鲜花和杨柳嫩叶,然后架起鼎锅,放清水和桃花叶烧沸,涤器后倒掉,将鲜花和嫩叶掷鼎中,注入井水,文火烹煮。鼎上悬一面镜子,以俟紫姑神降临。入夜燃烛视镜,如发现镜中有影子晃过,就算是紫姑来过了,女人们立即礼拜如仪。然后取胭脂棉百二十团,逼近沸汤,令尽吸其汁。吸饱后,将所吸汁液分别滴入二十个细瓷碗中。另取赤金箔百二十份,珍珠粉四份,大红珊瑚末四份,血色琥珀末三份,梅花冰片一份,和在一起捣成泥糊,分作二十份,均分在二十只胭脂汁碗中搅匀,放在烈日下暴晒至稠,再用胭脂棉缩取稠汁,暴晒到极干程度,装在干净的竹筒中,放里一两朵最香洌芬芳的鲜花瓣儿,再备一盆冷泉水,置竹筒于水中,放在朗月下,吸收月华。如此这般折腾八九天后,再将竹筒放在烈日下暴晒一番,使成固体,用绢素封固,这才是成品,每天按需取用。只为红唇一点,费却如此功夫,女人求美的坚韧,真是无与伦比。

佩服!佩服!

(2005年5月18日)

想当年我恋爱的年月

头发的质地和造型,是衡量美女的重要标准,也是性感的标志之一。五官姣好,身材窈窕,头发却绵软疲沓不成型,这女孩儿的性感指数至少打了七折。

美发风尚,由来久远。汉武帝去平阳公主家喝酒喝累了,让卫子夫侍候他更衣就寝,卫美人趁机解开云鬟,一头美丽的长发瀑布般流下,汉武帝惊艳激赏,遂纳子夫入宫,宠幸有加,后来又立为皇后。汉武帝的奶奶窦太后,刚出生时,头发就垂到脖子,3岁时头发与身高一齐,长大就嫁给了皇帝。东汉桓帝刘志要娶女莹为皇后,派有经验的女医生去给女莹体检,重点考察了她的头发。女医生摘去女莹的发簪,盘髻滑落,"如黝髹可鉴,围手八盘,坠地加半"。女医生回宫奏明,太后大喜,当即下令把女莹给娶了。名妓红拂,发长委地,每天梳头,要站在床上,绾好云髻,左右余发各粗一指,束结作同心带,垂于两肩,以珠宝翡翠装饰,号称"流苏髻"。三国时,甄后入魏宫,宫中有条绿蛇,口中含一颗红色宝珠。每天在甄后梳头时,这蛇就盘结成一款发型,甄后摹仿梳为发髻,巧夺天工。绿蛇每天盘结的发型不同,甄后的发髻也每天一变,号称"灵蛇髻"。其他宫女争相仿效,可咋整都整不像。唐朝末年,上流社会贵夫人流行一种号为"闹扫妆"的发型,形如焱风散鬓,势似乌鸦盘旋,状若飞马腾堕,近乎现在的"爆炸式"。类似种种关于发型的例子,一部"二十四史"当真是不胜枚举。但是万变不离其宗,归根结底还是纯粹自然的那一头原始的青丝。直到本人搞对象的年代,女孩的头发仍然保持着清水芙蓉的质地。我媳妇当年就是乌黑的青丝梳成性感的大辫子，那时也没什么洗发香波，只有香皂和胰子，但那一头秀发透着春天的芬芳，沁入我的肌肤，弥漫在我的心灵，给我的感官带来一种陶醉。

时尚从哪一年开始渐变成现在这个模样，我说不清楚。技术上花样翻新，比如说焗油，不晓得是用烹调的技巧抑或铆焊的工艺。电烫更是普及了又提高，提高了又普及。那电烫水一股子臭味儿，妹妹们竟然争相以头试腥。上周一次聚会，美女如云，看那发型，蔚为大观。或像被秃爪子掏过的鸡窝，或似五彩纷呈的杂毛……我突然感到这一切是多么的陌生，多么的不真实。想当年我恋爱的年月，抚摸着我媳妇乌黑锃亮的大辫子，闻一闻柔情似水，吻一吻佳期如梦……这一切，都成了遥远的回忆，我们离自然确实越来越远了。唉！

（2005年4月7日）

美丽的痴呆

韩国大美女金妹妹为一家手机商拍的广告,总在电视上播来播去,已经看熟了。我的印象,第一眼,真美!脸皮像豆腐脑一样鲜嫩光滑,一条皱纹都没有,估计皮下藏着丰富的胶原蛋白和弹性因素,恨不得上去摸一把。第二眼,感觉稍变,尤其是蓦然回首那个特写,本来临去秋波那一转,应是回眸一笑百媚生,让人骨软筋麻才到位;但是这个妮子的表情却单调得近乎麻木,笑容僵僵地凝结在脸上,仿佛硬生生贴上去的一样。

第三眼，看明白了，这张乍看完美无瑕、细看涉嫌痴呆的脸，是人工雕琢出来的，是一个美丽的谎言。这样一张人造的脸，已丧失了表达内心丰富感情的功能，却仍然以千万美金的身价，担负着刻画不同性格的责任，享受着百万"粉丝"的拥戴。这意味着我们男人的审美神经远离了生命本原，对一朵塑料花也能引发心理的痴迷和生理的冲动，那些滴着露水的春花连同滋养她的自然背景，真的被人造文化追杀得成了"广陵散"了吗？

我在这里并没有糟践金妹妹的意思，人家一个女娃娃也不容易。利用人生春季的花样年华储备足够的供秋冬时节享用的资本，也是人之常情。甭说金妹妹这样年轻的姑娘了，就是58岁的卡米拉大婶，为了拴住查尔斯大哥的心，不也在如枯藤老树的脸上动了刀子吗？让人担忧的是人造美人风气带来的对自然生态的破坏力。女人本是自然的一部分，就跟春花秋月、山色湖光一样，一旦女人被文化"化"掉，那就跟旅游景点没什么区别了。金妹妹只是顺手拿来的一个个案。人的面皮下面附着的是脸部肌肉群，这一肌肉群有着重要的进化论目的：让脸部惟妙惟肖地表现各种各样的感情意义。女人脸部的肌肉群要比男人结构得更加细腻精致，因为女人的表情总是比男人生动得多。女人总是一惊一乍、表情夸张，眼角、嘴角和眉头的肌肉群永远乐此不疲地运动，这些表现感情的纹路也就被岁月夸张地刻下来，成为女人的心病。拉皮手术虽然会恢复年轻的形象，但同时也破坏了脸部的生态平衡，割裂了面部皮肤和皮下肌肉的有机联系，使肌肉的运动失去了天然的依托，所以拉过皮的脸不可避免地丧失了表情的控制。就像金妹妹，神情更天真，眼睛睁得更大，既没有担忧又没有愤怒，突出的表情就是没有表情。卡米拉大婶拉了皮后更是让人不忍卒视。如果有一天满大街的女人都展示着这种美丽的痴呆形象，我们这些男人该怎么办，送一朵绢花或塑料花给她们插在头上以资鼓励吗？

（2005 年 7 月 5 日）

"开始"

周越然在《言言斋性学札记》中把"kiss"翻译为"开始",真是意味深长。人们在初吻、热吻、狂吻这个螺旋式上升的过程中自然而然地向着那个美妙的巅峰挺进,结果就像诗人霍特歌唱的那样:"吻着别人,被别人吻着,这个繁忙的世界因此变得更加繁忙。"世界和人生就这样在一片"开始"的音画中湿漉漉地开始了。

给"吻"字注入热烈的情爱内涵,是洋人的专利。

吾国"吻"字的本义就是指上下嘴唇，冷冰冰地不带感情色彩。"接吻"这个词可能是晚近从西洋文化中"引进"的。此前古书上提到这个动作都用"亲嘴"，这是本土的俗话，明清言情小说中常见，但在出现的语境中无一例外地带着淫荡下流的意味。接吻这个动作在俺们先辈的眼中从来就没被看作是正经人干的正经事。上面说的这些话，曾经跟80年代的小妹妹讲过，她们嘻嘻地笑，觉得或者我有病，瞎编；或者我们的先人不正常，胡闹。这个年龄段的女孩子都这样，也不好跟她们较真儿。

给"吻"下个合适的定义是件很不容易的事情。丹麦人的辞典里说吻就是嘴对身体的压力，这种阐释近乎扯淡。《接吻的历史》的作者就是丹麦人，他说吻是通过双唇肌肉的吮吸运动而产生的，并伴有或强或弱的声音。我们这些对接吻有些经验的人都知道，如果不注入充沛的感情温度，光凭双唇肌肉所做的这种运动本身叫作胡乱咂吧嘴，根本不是我们所说的"吻"。诗人保罗·弗莱纳给吻下了一个精彩的定义："为在燃烧的心中唱着的恋曲而在牙齿的键盘上奏出的火辣辣的伴奏曲。"吻的最隆重的意义正是体现在爱情之中，只有那些年轻恋人的热吻才是最美的。像我等老同志因为口腔饱经岁月的风霜，是不宜热吻的，适当的场合憋住气来几个干吻意思意思就相当凑合了。不过爱情之外的礼仪之吻也不能统统忽略不计，礼仪之吻不但体现了人的文明程度，更能揭示人与人之间的关系和人对人的态度。吾国人自古以来行的是拱手礼，更多的是考虑到自身的卫生，万一对方有病给咱传染了可怎么办？握手礼实际上是在迫不得已的情况下学来的。至于接吻的礼仪，那是打死也不肯引进的。这种涉嫌不卫生的礼仪，吾国人是不感兴趣的，还是抱拳拱手来得稳妥，起码自己安全啊。

（2005 年 8 月 2 日）

嘴有千千吻

接吻——我指的是唇吻——本是一种隐私行为。在吾国，至少在上千年的岁月里，接吻跟行云施雨活动一样，是要在特定的私人空间内进行的。在众目睽睽之下的接吻亦正如在公众场合性交一样，会引发先是万人空巷继而千夫所指的惊世骇俗效果。就是在以文化多样化著称的美国，接吻也曾经被规定在隐秘空间实施。接吻最早公然呈现在大众眼前，是在1896年。

1895年，电影带来的新鲜刺激感正处于高潮期，片商为了赚到更多的钱，绞尽脑汁让电影的内容变得更加有趣。因此，在爱迪生手下担任摄影师的埃德蒙·肯就在1896年拍摄了两部电影，一部是《玛瑞·斯特拉的脑袋》，以法国大革命的断头台为主题，画面相当地残酷。另一部就是表现接吻的电影：在公园的长凳上，一对男女滋哑接吻长达两分钟。注意呀，这可是人类历史上第一次把接吻这种能发动情欲的动作像合欢花一样绽放在大众面前。影片引起了空前当然也是绝后的轰动效应，也理所当然地引来了一批正人君子声色俱厉的指责。这些大人先生们为了指责得更加有理有力有据，一遍一遍又一遍地去审视那接吻的画面，写了一大堆咒骂的文字。尽管如此，正人君子们的口诛笔伐竟然没有发挥一点道德力量，各式各样的接吻镜头反而在骂声中茁壮成长，此后所有电影中必定插入大量接吻镜头，成为虏获观众的春药。20世纪初，好莱坞出台了电影伦理规定：女演员如果已婚，男演员就不准吻她上唇；接吻时男演员的手不能往女演员的腰部和屁股上摸；接吻时长不能超过15秒钟。

不过，好莱坞的这个接吻原则在 1910 年因丹麦电影的问世而成为一纸废文。北欧的妖妇角色之接吻，并非只是停留于唇与唇相互碰触的单纯接吻，而是那种互相深入舌尖的湿湿热热火火辣辣之写实主义接吻。从此，电影成为大众性教育的范本。

吾国情形又自不同。1980 年前后，《大众电影》杂志的封面破天荒地刊出一帧灰姑娘和白马王子接吻的电影剧照，举国为之轰动。有个叫问英杰的人，满腔怒火地投书《大众电影》编辑部，义正词严地质问："《大众电影》，你们要干什么？"《大众电影》全文刊载了问英杰的来信。结果呢……结果你我都看得清清楚楚，大街和小巷，窗前和门后，广场和商场，人眼所及，到处是有声有色实打实凿的接吻画面。这些年，个人隐私的退席和性骚扰法案的上座，走马灯似的热闹，蠢笨如我者，就像置身于荒诞剧中，不知今夕何夕矣。

（2006 年 6 月 16 日）

浪漫的季节……

爱情的发生和发展需要相辅相成的情境。一见面就要把女孩子往家领,说明你的情商有故障。人家跟你去,那是对你的"钱途"产生兴趣;人家不跟你去,那是对你的企图表示怀疑;两者的结果都不理想。

问题是,我们把身边这个小鸟依人的女孩儿往哪儿领?

咖啡厅的氛围比较适宜谈情。但总要喝一杯咖啡吧!你在本城喝过像样的咖啡吗?那碗黑汤比中药都难喝。在香港,离咖啡馆的大门还老远就能闻到咖啡的浓香,单从这浓香切入,就能把女孩儿侃出一脸幸福状。一桥之隔,这浓郁的糊香咋就变成了寡淡的黑汤了呢?

去茶馆坐坐吧。乍一看,环境还真不错,假山假水假竹子。再一看,或下棋,或打牌,像元朝人开的龙门客栈。幸好楼顶有个露台,空间搭置花架,密翠疏红,暗香浮动,双双落座,点一壶雨前狮峰龙井,680元,作为感情投资,就忍了吧。恰好清风徐来,就对女孩儿柔声说:"你就好比雨前龙井,我就好比那壶开水……"女孩一脸天真:"啥意思呀你……""我泡你……"玩笑还没开完,茶上来了,颜色、味道和白开水没有一丝一毫区别。我实在不想像祥林嫂一样重复那个郁闷的结局了,生不起那气。

去酒吧坐坐如何呢?这么多年,也曾留意过,愣没泡过一家有味道的清吧。这年头生意火爆的都是"的吧",烟雾弥漫,酒气纵横,噪声撕心裂肺,就像古战场,宣泄郁闷则可,谈情说爱哪成啊。有个妹妹开了个书吧,倒是清雅,可是她一见面第一句话准是"呀,今儿又换一个呀！"这不哪壶不开提哪壶嘛！

遥想我年轻的时候，谈恋爱主要是手拉手在路上走，东北话叫"轧马路"。天气凉爽，柳丝披拂，那小环境比春药都有劲。现在的环境当然比那时候美得多，可是这闷热的湿气，这火灼的日头，走着走着就把爱情谈成烤肉了。好容易盼来了短暂的凉爽天儿，去河边转转，被臭气给熏回来了。去海滨的情侣大道"轧马路"，总是心惊肉跳，生怕随时有彪形大汉跳将出来，挥舞大砍刀，抢一个，奸一个，那可就全完蛋了。

写到这儿，心里飘起了一首歌："浪漫的季节，醉人的诗篇，呜呜呜呜呜呜……"

（2005年8月22日）

浪漫就是海哭的声音

在网上读到一篇没有署名的文章，题为《浪漫，中国女人的软肋》，看口气出自女人手笔。文章说每个女人都梦想着在有声有色的花样年华里浪漫一把。可是，在中国找个浪漫男人太难了，中国女人很难在现实中寻找到心目中的浪漫男人和浪漫的氛围，中国女人也很难在现实中浪漫起来。话说得有道理，在情爱方面，我们从来就没有形成浪漫传统。典籍中只有《世说新语》中王安丰的老婆说过"我爱你呀我爱你"(卿卿)这种话，还被老公板起脸教训一通,说:"老婆跟老公说我爱你这种话是没礼貌没教养的,以后可别扯这个了!"由于妻子坚持不改,王安丰才无可奈何地听之任之了。一般我们听习惯了的爱称是"死鬼""杀千刀的""坏种"之类,说明我们的爱情(假如有的话)属于毛骨悚然的一路,跟西人的甜酸旖旎完全是两套路数。

那篇文章说,巴黎女人是浪漫之最。巴黎女人的浪漫并不仅仅表现在香奈尔5号的味觉感官和香榭丽舍大街法国梧桐下与情侣漫步上,更多让人感到浪漫的细节是:清凉如水的夜里,别墅灯火辉煌,穿一袭曳地黑色长裙、披一肩华美披肩的美丽冷艳女人出现,女人的红唇呷着淡黄色的香槟,眼睛却半乜着随处一扫,间或放下高脚杯,去浅尝鹅肝酱和刚出炉的面包,那种难以言表的精致细腻的浪漫,直把人的每个神经末梢都熨烫舒展。于是乎,世界各地的男人们惊呼:水晶灯下的巴黎女人是世界上最懂得制造浪漫的女人了。在中国,如果有女人胆敢穿成这样,走在月黑风高的夜里,一定会有人揣摩,这女人肯定是风尘中人。盛宴,当然中国女人也有参加,只是中国的国情是以白为尊,为了自产自销,喝酒当然还是喝白的,这一来二往的就喝得面若桃花了,看着倒也别有一种风情,就是少了些酒不醉人人自醉的浪漫情调。

事实确实如此。我们只能在情人那里提心吊胆地体会一下浪漫的滋味,回到家就严肃紧张了。我们的女人在结婚后基本不会在丈夫回家进门的那一刻,露出最洁白的牙齿和最完美的笑容;晚上也绝不会穿上性感撩人的睡衣,洒上馥郁醉人的香水,调设诱惑迷离的伊豆般灯光期待赐福;清早更不可能在丈夫醒来之前刷牙沐浴化妆,不叫丈夫看见带着口味、蓬头垢面的一个黄脸婆。是的,这种浪漫的事,在俺们文明古国,是不着调不靠谱儿的。有一首歌唱道"我能想到最浪漫的事,就是和你一起慢慢变老",每当我听到这首歌的时候,都想到海哭的声音。

(2005年12月9日)

美女与臭鸡蛋

参加了一场婚礼,一不小心,心灵受了两次伤,自尊差点儿就被弄成了文明的碎片儿。

先是到女眷那桌,给十来位大妈敬酒,仰脖儿弄进去一盅儿,大妈们不买账,七嘴八舌地说:"你一杯酒就想对付这一桌美女呀!太占便宜了!要每个美女敬一杯才行!"大妈们一边灌我一边笑成了一朵花儿,身上的肉就像装满花生油的塑料袋子似的颤啊颤。

回到座位上一看,身边坐着一位美女,真正意义上的美女呀！就又举起杯来敬过去，说："美女，敬你一杯！"谁料美女立马急了，瞪圆了美目，用倒栽葱似的手指指着我的鼻子掷地有声地道："你才是美女呢！你们全家都是美女！"

我一边用酒涂抹内心的创伤，一边郁闷地想，完了，"美女"这个褒义词儿，已经像摔碎的臭鸡子儿一样，完蛋了！

我是个锲而不舍的美女爱好者，在追求美女的道路上付出了大量心血，也消耗了不少积蓄。年轻时候一度上过一个名叫休·特鲁兹的人的当。此人归纳整理了32条美女标准。这些标准分别是：骨骼轮廓清晰、体态饱满、乳房丰满、骨盆宽大、两腿修长、腋毛较淡、体毛不明显、肌肤细致、头圆且对称、小脸、深眼窝、眉毛高挑、下巴小、脸部及脖子线条柔和、脖子微圆、关节灵活、食指较长、手形优美、肩膀微圆、锁骨小且轮廓清晰、胸部轮廓小且饱满、身材修长、腹部平坦、尾骨清晰（臀部骨骼中呈宝石状的骨头）、尾骨旁的肌肉对称、大腿结实、耻骨呈钝角且突出、膝盖轮廓柔和、小腿微圆、踝骨修长、脚趾小……还有不便见诸文字的标准我就省略了。我拿着这些标准出发去寻找美女，切身体会了"大海捞针"的本义。幸亏我有与时俱进的智商，及时调整了这些不人道的标准，所以在人到中年的时候，几枚稀有的瑰宝被我加入了心灵收藏夹。

其实，我的收藏标准只有四条：眉目能传情，身体没毛病，性格很阳光，绝不会把情感热线偷换成经济指标。实践证明，这四条标准并不比特鲁兹那32条略低。物质的发达，造成了美女的贫瘠，有事实为证：一哥们儿乘电梯时遇一美女向他嫣然而笑，切然而贴，顿感飘飘然羽化登仙。出了电梯，这哥们儿忽焉警觉，一摸裤兜，钱包不翼而飞。遂慨然叹曰："作风问题的背后必然隐藏着经济问题！"这可真是暮鼓晨钟，醍醐灌顶，受此启发，我觉得该去学老僧入定。这个计划，我准备60岁后正式实行。

（2005年8月25日）

肉体三重天

当拿到平生第一张身份证时,我对上面那个酷似强奸犯的大头像懊丧不已。我坚持认为自己的真实形象要比证件上那个丑陋的家伙英俊许多。更伤自尊的是当我使用这个证件时,竟然没有人怀疑上面的照片不是我本人,连一句盘诘的话都没有,真让人油然而生天荒地老的感觉。

这种感觉可能你也有过。事实上,我们背负着三重肉体问题,而且永远找不到解决的途径。这是《漂亮者生存》里说的。

第一重就是我们正"据有的",即我们正生活着的。这重肉体对于我们不论谁来说,都是最重要而且客观存在着的。我这副尊容,连同被衣服掩盖着的那些乱七八糟的东西,如果不上档次,那是天灾,属于我个人的力量无法改变的自然。这堆杂碎,我只能和最亲密的爱人共享,如果她觉得可享受性太差,我除尽量劝她自己多保重外,实在没有更好的办法。

第二重是公众面前的,这重肉体承受着种种物质的修饰、装潢和保护。天灾无力克服,自然却能人化。头上长疮,可以弄个漂亮的帽子遮住;斜楞眼,可以弄副眼镜戴上;等等。如果这些外在的装潢也不起作用,那就只好刻苦读书,弄到出口成章的程度,靠儒雅的举止和满腹的诗书氤氲出一派华丽的气质。但这件事跟智商关系太大,实现起来有一定难度。无论如何,人对自身的装修普遍怀有一种激情,我们希望自己不仅是自然的产品,而且也是一件艺术作品。人人都希望有一个能与自己的梦想相符合的外表,这也是一种寻求爱与接受爱的行为，即希望自己有一个人人都渴望凝视与触摸的身体和容貌。亚里士多德说戏剧比历史更具有哲学意味，因为历史只告诉我们已经发生的，而戏剧告诉我们应该发生的。从这个意义上讲，服装设计师和戏剧家都是哲学家。因为服装设计师寻求用衣饰将平凡的人体装饰得更加美好。

人的第三重肉体是我们的生物体，这重肉体之所以被我们了解是通过解剖和肢解，比较恐怖，是我们极力要疏离和逃避的。我觉得包括排泄、放屁等在内的所有动物性行为都应该归于这重肉体。有修养的人干这些事情时都是偷偷摸摸的，连最亲爱的人都不让看见。我经常想，如果有一天我老得或病得生活不能自理，只剩下一具生物肉体，连自我毁灭的能力都丧失了，噢买尬，那可怎么办呢？

（2005 年 10 月 11 日）

把自己洗干净就行了

肉身装修技术越来越高超,市场也正从女同胞向男人拓展。本人也曾打算花一笔钱,注销门面上的黑头和角质,删除眼部、双乳和肚腩上丑陋不堪的赘肉。但又担心媳妇怀疑我这么做的动机和目的,因为她对我肉体方面的天灾人祸从未表示过嫌恶,为了家庭的安定团结,我就只好决定抱憾终身了。但我对挺身走进美容院的哥们儿,始终抱着羡慕和鼓励的态度。不管这哥们儿出于什么动机,毕竟男人主动去装修自家的肉体，客观上体现了对女性的尊重。

其实男性美容是渊源有自的，我在一篇写男色时代的文章里提到魏晋时期的大名士何晏，这家伙就是吾国历史上吃药美容的始作俑者。《世说新语》里说他"美姿仪，面至白。魏明帝疑其敷粉，正夏月，与热汤饼。既啖，大汗出，以朱衣自拭，色转皎然"。其实，何晏的白嫩，是吃药的结果。鲁迅《魏晋风度及文章与药及酒之关系》记之甚详。何晏自小身体虚弱，为了强身，他就发明了一种药，叫"五石粉"，这是一种毒药，配制起来很贵。好在何晏很有钱，就吃起来了。他这一吃，有钱人就都跟着吃。因为药有毒，吃了之后必须拼命走路，不能停，称作"发散"或"行散"。走了之后，全身发烧，发烧之后又发冷。普通发冷要吃热的东西，要加衣，但吃药后发冷却必须少穿衣、吃冷食、以冷水浇身。倘穿衣多而食物热，那就非死不可。只有一样不必冷吃，就是酒。吃药之后，因为皮肤变得水嫩，就不能穿厚衣、窄衣和新衣，否则肉皮会被衣服擦伤。我们见晋人图像多轻裘缓带，穿木屐，飘飘欲仙，仿佛很高逸，其实是吃药吃的。因为皮肤易破，不能穿新衣，旧衣也不能常浆洗，所以腋下、裆中就生了很多虱子。如果现在你约会女孩，在咖啡厅里一边抓虱子一边跟小姑娘谈人生谈理想，非挨"呸"不可。而在魏晋时代，"扪虱而谈"可是翩翩名士风度呢。现在的夜总会里，流行一种被称为"High"的节目，据说与何晏的吃药近似，内情如何，因为没试过，不得而知。

为了皮肤嫩点儿，遭这么大罪，并非美容的正途。男士美容，我的意见，不用太复杂，只要身体主要部件健全，把自己洗干净就行了。最重要的应该是口腔美容，别让口腔还停留在改革开放前的"粪坑时代"，要向现代化的卫生间靠拢，这才是对女人最严肃的尊重。谁能发明一种清除男人口气的药，肯定能赚钱。至于黑头和赘肉，只要不影响整个系统的运转速度，老婆不同意删就隐忍留着吧，谁家电脑硬盘里没有几兆垃圾文件呢。

（2005年4月28日）

偶像与呕相

窗外,风向开始转了,"男风"越吹越熏人;席间,话题已经变了,"男色"越说越起劲。小女孩在酒桌上说起头天晚上"抠"了个男仔,相携海边看日出,眉飞色舞。报纸娱乐版上男星图片越刊越大,衣服越穿越少,坊间正在热卖男星写真集,文坛打出了"美男作家"旗号。选美的眼光也不止于红粉了,爷们儿穿上紧绷绷的泳裤,在T型台上凸凸凹凹地走猫步,任台下的女子评头品足……说时迟那时快,我们已经走近了"男色时代"的门口。

吾国历史上有大名的美男子,数量远逊于美女。潘安是有名的"漂亮宝贝",少年时手持弹弓乘着小马车驰于洛阳道,女人见了,成群结队地追着跑,拿苹果、鸭梨、香蕉投掷,潘安每次都能弄一车水果回家。还有"璧人"卫玠,有一天走在大道上,因为太漂亮,观者如堵。卫玠身体羸弱,被围观大半天,一口气没上来,活生生给看死了,"看杀卫玠"的典故就是这么来的。不过这些都属于"美男"的特例,远远构不成风尚。"男色"从五代至宋张大其事,明朝至清初达到鼎盛,是真正的"男风劲吹"。"男色尤物"王紫稼,是清初"天王"级的大明星,妖艳绝世,明慧善歌,酒酣一出其技,坐上为之倾靡,风头之健,举国若狂。30岁时仍能把那些王孙贵族迷得颠三倒四。大名鼎鼎的文坛巨擘吴梅村为他写过哀感顽艳的《王郎曲》,另一位大名士龚芝麓聆听紫稼婉唱后,口占一首缠绵悱恻的绝句:"蓟苑霜高舞柘枝,当年杨柳尚如丝。酒阑却唱梅村曲,肠断王郎十五时。"男风之炽,于此可窥一斑。

男人的审美化实在是文明进步的表现，标志着女人主体性的凸显。不过察古观今，衡量美男的标准却并无变化，皮肤嫩、大眼睛、双眼皮儿、白牙齿、红嘴唇儿、能歌善舞、有酒窝儿、会弄兰花指儿……归根到底，跟美女的审美尺度完全一致。然则所谓的"美男子"，实在就是男性的女化、雄性的雌化、公性的母化而已。曾问过几位小女孩她们心中的偶像是谁，回答了一串名字，其中包括一演电影的爷们儿，能把武林大侠演成二傻子。这些"偶像"让本人当场就现出"呕相"。二十年前，女孩们心中的偶像还是坚挺粗犷的阳刚大汉。男人"腹有诗书气自华"，造型差点也就将就了。到如今，"少女争夸嫩面皮"，时尚从阴阳大裂变趋向阴阳大混淆，莫非法国人说的"第四性"时代真的离咱不远了吗？

（2005 年 6 月 16 日）

嫁给钱

找一个合适的男人把自己嫁了,这是女人一生的头等大事。什么样的男人才算是合适的男人呢?时代不同,女人心中的尺度也自不同。20世纪80年代初,曾刮过一场"寻找男子汉"的风暴,说明当时稀缺的东西是雄风或阳刚。近年来则风向大转,吹的是"争嫁大富翁"的旋风。亿万富豪征婚,应者云集,规模绝不亚于"超女"的"海选"。从"寻找男子汉"到"争嫁大富翁",这期间有一脉相承的因果线索在,耐人寻味。

"寻找男子汉"的时期,"男子汉"的标准是一个叫高仓健的日本人,这可真叫本土爷们儿痛心疾首。那高仓健的特点就是整天皱着眉头,沉默不语,据说那就叫"酷"。皱着眉头、沉默不语如果是为了积蓄能量,寻找适时的机会爆发,倒也不失为男子汉气质。人家高仓健在电影里是爆发了的,所以被女人们视为男子汉的样板,到处寻找。最后结果证明,我们的女人是失望了。她们当然也找到过皱着眉头、沉默不语的男人,不过这男人只是一味地皱着眉头、沉默不语,被人家欺负了也隐忍不敢爆发。女人终于明白了,身边这位皱着眉头、沉默不语的男人跟"酷"毫无关系,他只是个地地道道的白痴。失望累积到质变,女人就不再对"男人"这个具体的东西发生兴趣了,她们把"男人"抽象化为一个符号,这就是钱。从而,女人完成了从理想主义到现实主义的过渡。

相比之下,男人还处于迷糊状态。就拿沸沸扬扬的富豪征婚事件为例,富豪的标准无一例外地要求对方一定是原装处女。征婚者的财产每上升一位数,应征女性的数量也随之上升一位数。毫无疑问，这些女孩子绝不是冲着人去的，目标十分明确：嫁给钱。这种现象究竟如何评价，只好见仁见智。有媒体评论说：看见那些年轻美貌的姑娘们，被几个富豪挑三拣四、横称竖约，像国王选妃子一样，就感到人的尊严和人格受到了亵渎。作为局外人，本人当然同意关于尊严的观点，因为贞操观绝对是与现代文明格格不入的古老破烂。但是事情毕竟还有另外的角度，富豪们对处女条件的限定表明现实中处女资源的稀缺，而事实上又有太多太多的女子对富豪的钱袋无限向往，那么对贞操观的强调有可能会促使处女的数量比例逐年上升——哪怕她就是为了留着卖个好价钱呢。客观上说，这未必不是好事。北京大学社会学博士袁岳说得精彩：虽然有人从文化上认为强调处女是不对的，但是从社会动员的角度他们真推动了那个东西又有什么不可以呢？

（2006 年 1 月 12 日）

把低级猥谈者拉出去……

有一篇谈吾国青年男子性心理习惯的文章,有几条谈得很靠谱,但不够深透,兹就个人心理体验稍加敷衍补充,主要供女孩子们参考。

一曰猥谈观察反应。几个男青年凑在一起,特别是熟人在一起闲聊时,往往出现猥谈。这还不能简单地视之为低级下流,这是常见的男性性心理反应。其原因主要有三:打发无聊,借这一类无聊的话松弛日常生活的紧张;增进闲聊气氛的和谐融洽;当附近有女性时,有人故意语言猥亵,想借此一睹女性听到这一类话时的反应。

登徒子按:猥谈者,讲黄段子的书面说法也,盖自钱锺书《管锥编》"猥语"套用而来。猥谈必有女性在侧,否则纯属无聊透顶、空虚至极。有女性在侧的猥谈,内容必须曲折幽默,不着猥字而尽得风流,含不尽猥意于言外,如此才能皆大欢喜,此高级猥谈也。假如猥谈开门见山,直通通插进,那就是对女性尊严的侵犯,性质不亚于强奸,此低级猥谈也。当将低级猥谈者拉出去,把头按进厕所便池中洗嘴。

二曰触摸体现亲密。男性的心理特征决定了男性喜欢触摸女性的性心理,男性先天就有强烈的"接触异性欲"。恋爱中的男女,男性特别希望能触摸到女性,这是由于他希望能把双方的亲密感具体表现出来,希望在内心得到确认。

登徒子按:性爱行为,必由雄性发挥主观能动性方能完成,此动物学基本原理也,男人何能例外?故女性如对男方无进一步深入想法,切不可半推半就,给对方造成错觉。从另一个角度说，一只咸手摸下来，可能是对女性的伤害；但这只手只是伤害了一次就"发乎情，止乎礼"，那就是对女性更大的伤害。这层意思不用说得太透，如今的女孩子聪明得很，想必能够守护好自己的一亩三分地儿。

三曰越遮隐越刺激。男性容易受到裸体照和脱衣舞的挑逗。这是因为，女性是"触觉型"，而男性是"视觉型"。男子喜欢看女人裸体的这种性意识的强弱，是由个人固有的色情性和跟对象接近的难易之函数关系来决定的。就是说，女性越遮隐的部位，对男性的这种心理越有刺激性。

登徒子按：鲁迅说，国人的联想和想象力最为发达的层次，就是能从短袖下的白臂膊一路联想到私生子。这中间的联想过程是惊心动魄的，可称作"灵魂在短袖衫下的历险"。鲁迅还说过，国人不喜欢和尚和尼姑，只热爱道士。明白这些道理的人，就明白吾国真相的大半。用了这种眼光，就能洞察隐藏在类似"粉红丝带半裸广告"风波和"啥啥姐姐""啥啥啥性爱日记"

公案背后的全部隐秘。站在最前的卫道士必是隐藏最深的色情狂,这个秘密已被我揭发了上千次,我还要不屈不挠地揭发下去,鞠躬尽瘁,死而后已。

(2006年7月28日)

男人都哪里去了？

一大群雌化男人在一个强悍男人的统治下过着狼狈不堪的生活，这种情况在历史上是很常见的。当这帮人感到实在忍受不了的时候，也曾做过改善自己处境的努力，比如走走夫人路线。女人的心总是柔软的，枕边风或许能弱化丈夫的残忍。

11世纪的大英帝国，出现了一位特立独行的女人，她就是戈迪瓦夫人。她的丈夫列佛瑞克是考文垂的领主，此人的嗜好是收藏现金，唯一的运动就是把金币堆成小山，再推倒，再堆，再推，循环往复，乐此不疲。幸而他的收入有一个可靠的来源，那就是考文垂的老百姓。当他感到需要更多的金币以便堆积的时候，只要增加税率就好了。如果纳税人太少，他就设法提高生殖率。日子长了，考文垂的百姓就家徒四壁了，大家推举了一个穷汉代表团，来求见戈迪瓦夫人，想通过女人的善良来融化男主子冷酷的心。

果然，穷汉代表的哀诉感动得戈迪瓦夫人泪流满面，她决定帮助这些可怜的男人。于是，她对丈夫说，他要是不把苛捐杂税除掉，她就要把自己身上所有的衣服除掉，光着屁股，骑上马，在正午的时候，大家用餐的辰光，从考文垂的大街上走过。

戈迪瓦夫人本以为丈夫会发作，会阻止她，甚至会慑于她的威胁而除掉苛捐杂税。出乎意料的是，列佛瑞克居然叫她只管光着身子骑马去逛街好了。

原来，列佛瑞克瞒着夫人发出了一个政府公告，命令考文垂的百姓到那一天不许出门，家家户户都要把所有的窗帘拉下来，所有人都要爬到床底下，闭上眼睛。

戈迪瓦夫人选了个晴朗的日子实践自己的计划，她走向马厩，身上除了鸡皮疙瘩，什么都没有。当她策马慢慢跑过大街的时候，深感讶异：街头鸟飞绝，巷尾人踪灭。百叶窗通通关闭，窗帘个个拉下来。她特意策马来到一家猪头肉酒店，平日，这里大批酒徒聚集笑闹，叫一瓶酒，把猪头肉冲进肚去。但是，今天这里连个鬼影都没有。

戈迪瓦夫人开始模仿鱼贩、果贩的叫卖声，呼唤大家都出来声援。可是，她把嗓子都喊肿了，直到黄昏时分，整个考文垂还是鸦雀无声。戈迪瓦夫人皮肤晒黑了不说，而且浑身疼痛，结果，不得不让人背回家去。

戈迪瓦夫人百思不得其解：考文垂的男人都哪里去了？古老的撒克逊精神是用光明正大的态度一决胜负，现在，这种精神哪里去了？

从那以后，戈迪瓦夫人把衣服的扣子一直扣到下巴底下，无论如何要把皮肤都掩盖起来。这个变化，使列佛瑞克乐不可支，结果自动地降低了税率。虽然如此，为了弥补收入上的损失，他设法增高了偷窃案的发案率，并把赃物没收的数字大幅调高了。

（2005 年 4 月 14 日）

"你上床了吗?"

冲了凉,上了床,感到通体舒泰,就像船驶进了港湾。一般来说,人上了床的同时也放了心。斜倚软枕,柔调台灯;一个人可以看看闲书,两个人可能搞搞娱乐,舒爽又惬意;不知不觉入了梦乡,黑甜如蜜。床,确实是舒服和享受的象征。

隋唐以前,没有凳子椅子这路家什,生活只靠一张床。那时的床,是卧具兼坐具,宽阔而高者叫床,长狭而低者叫榻。王侯将相,相当有钱,在造床材料和工艺上竞争豪奢。《世本》载商纣王的床是宝玉打造的；《战国策》有楚国献象牙床的记载；《汉武内传》说武帝以珊瑚为床；《西京杂记》说武帝的面首韩嫣睡的是玳瑁床。但草民百姓则另是一种风光。《蓟邱杂抄》说，河北那地方很冷，各家无床而自脱土坯建火炕，炕面之下中空，用以燃火取暖。贫苦人家，屋里只有一个火炕，衾枕之外就是街巷。妇人安坐炕上干杂活儿，见到走街串巷的小贩子，汤饼菜蔬，就从窗户传进来吃一口。那时的火炕，烧石炭的多，往往熏人中毒，死了不少人。现在东北农村仍然普遍是火炕，以烧干玉米秆为主，烧暖就钻进被窝睡觉，后半夜火熄灰冷，晨起冻得瑟缩筛糠。贫困户一般只有一间房，南北各一火炕，炕中间过道。来客直接上炕，除了拉撒，都在炕上。儿子娶媳妇，造不起新房的，则小两口住北炕，因为年轻抗冻。老两口住南炕，因为白天太阳主射南炕，晚上尚有余温。北炕照例挂一幅幔帐，表示老两口尊重小两口隐私的意思。南炕什么都不挂，意味着老两口没什么隐私好尊重的。

如今城里的情形比之古代王侯或当代农村,则别有洞天,阔人用上了"性爱床",据说一按电门床就像拖拉机似的乱颤,借以节省人力和精力。

技术的发达赋予了床性学博士的能力,从而也决定了观念形态的"床"这个词发生了相应的嬗变。若干年前,无论何人在何时何地问我:"上床了吗?"我都不会胡思乱想,上了就是上了,没上就是没上。因为那时候"上床"的词义确定而明晰。现在的情形完全不同了,如果有人问我上床了没有,如果回答上了,接着八成是被逼问跟谁上的。这么一逼,即使只有一个人在床上躺着,也会莫名其妙地心虚耳热,继之浮想联翩,结果多半是通宵失眠。但是"上床"二字铺天盖地,触目惊心,在"搜狗"里输入"上床"一词,一秒钟结果出来,240万条,挨个点进去,得看到天荒地老白发苍苍。语云:我的妈呀,受不了也!

(2006 年 4 月 11 日)

郑重建议

兄弟在欧洲游逛的时候，对毕加索和凡·高等大师的纪念馆之类地方，并不像我的翻译 OK 先生那样深感兴趣。更多的时间，我都期盼着尽可能多地欣赏身边活生生的美女。在追寻和发现美女的过程中，因为比较详细地浏览了很多女人裸露在外面的身体部位，从中抽象出来一个结论，就是越来越多的女人已经越来越少地使用化妆品了。她们更重视衣着的款式和与衣着相得益彰的首饰之类。清水芙蓉绝对是美的极致，我怀疑人家欧洲女人暗中在学陶渊明同志，追求从绚烂到真纯的境界。

把自己的脸蛋儿当成画布或巴塞罗那街头的墙壁，在上面胡乱涂鸦，我认为是胡闹。古罗马诗人马提尔就同意我的观点，他谴责这类女人说："你只是一个谎言的组合／你人在罗马睡卧／而你的头发却长在莱茵河／夜晚，你将丝质睡袍搁在床头柜／却也将假牙牙套一起脱／为了睡个囫囵觉／你将整个人的三分之二都锁在化妆盒／这样就没有一个男人会说／我爱你这个老妖婆／你不是他所爱的那种人／也没人爱你这种冒牌货！"（以上译文版权为色香味居所有，欢迎盗用！）

我觉得女人的过度化妆和月饼的过度包装一样，既不利于建立信誉型市场经济，也不符合建设节约型社会的要求。这使我想起了三百年前，英国《观察家》杂志发表的一个在精神上饱受折磨的丈夫的来信，这位可怜的丈夫控诉说："我有极强的欲望想废掉我的老婆……向她提出离婚。我曾是那么喜欢她所有的一切，她那光洁的前额、脖子、胳膊，她的头发发着闪闪的金黄色光辉。然而令我深感惊异的是：它们都是假的，全是装饰的结果！……她第二天早晨醒来时，那苍老的容颜就像是我昨天晚上与之同床的那个人的奶奶。我应有充分的自由与她分手，除非她的父亲能使她的财产与她那真实的而非虚假的容颜相配。"

这个投诉结果如何，不得而知，但我们可以从中受到一点维权启示。兹郑重建议，如果有女人利用香水掩盖狐臭，利用颜料矫饰麻斑，利用烤瓷装修门面，利用假发遮盖秃顶，利用硅胶冒充挺耸，等等，引诱他人与之结合甚至谈婚论嫁时也不说明真相者，应判为行使巫术罪或用心不良罪或感情欺诈罪或商业欺诈罪。只有健全法制，这类不靠谱的事情才能有所收敛。

（2005年11月15日）

荡气回肠

在雅典的一家旧书店里,我淘出四幅纸板裱糊、外包塑料薄膜的画。画面上的女人一丝不挂,男人手里捧着沉甸甸的器械,动作涉嫌情色,应是色香味居别具一格的收藏。只是每幅 60 欧元,贵得不靠谱。嗜好所在,咬咬牙,还是拿下。这时候我的临时跟班、本城著名肢体作家二子走过来瞅了一眼,说:这是医疗图示,这幅画的是拿罐子喂奶,这幅是拿扩宫器做妇科检查,这幅是拿针管子灌肠……经我的临时翻译 OK 先生跟店主一番叽里呱啦，证实肢体作家所说毫厘不差，这些画原是1932年出版的一部希腊文医学著作中的彩色插图，被店主拆撕下来裱衬一块破纸板子，就奇货可居了。面对肢体写作大师二子渊博的学识，登徒子喟然叹服。

曝奶也好，扩宫也罢，都是孕产妇的事，没什么好说的。唯灌肠之举，是近几年被大力鼓吹以至于举国流行的美容疗法。通过此图可知，这劳什子早就在神州之外流行了。《万象》杂志总77期刊载小白《小房子里好藏娇》一篇妙文，其间有一幅洛可可大画家华托所作素描《灌肠器》，与色香味居这幅最新收藏同曲异工，文中对灌肠疗法颇所涉猎，意趣盎然。原来直到20世纪20年代，欧洲女人还一直没有摸索出一套行之有效的美容技术，以至于刚到30岁就已年老色衰，皮糙肉粗，牙齿豁烂，异味熏人。是以豪门贵族的男人无不忙着金屋藏娇，在塞纳河畔之类风景优美的地方盖一些小房子，装饰得精美奢侈，里边"豢养"着芳龄二八的娇嫩"宠物"。小白的文章说，小房子里的"宠物"讲保养，方法首推洗肠。洗肠灌肠本是古代的一种医疗手段，其历史可以追溯到6500年前的埃及。但到小房子藏娇的时代,洗肠已成为日常的卫生功课。多半在饭后进行,因为人们认为食物是外界不洁物进入人身的载体,疾病、皮肤老化及口腔异味都与之有关。由上而下的刷牙尚未发明,由下而上的灌肠率先露面。

洗肠器像一个粗大的注射管,它的插入、注射,始而难忍继而意料之外的舒适,本身具有无穷的色情想象空间,成为当时春宫画的一个常见主题。色香味居花60欧元引进的这幅灌肠画,与其说是一幅医疗图示,毋宁说是一幅拓展想象力的春宫图。把春宫图当成医疗图示研究的,是肢体写作大师的事;把医疗图示当成春宫图来欣赏的,是美学家或者艺术史家的事。从这个角度讲,美学家或艺术史家的趣味取向要远远高于肢体写作大师。想到这里,我对我的临时跟班、著名肢体写作大师二子的敬意,就在瞬间收回,留着自娱自乐了。

(2005年11月22日)

搓衣板

曾园在一篇题为《搓衣板的几副面孔》的文章中说:"洗衣服这件家务事在唐诗中被宣传得有些过度。李白的'长安一片月,万户捣衣声',杜甫的'寒衣处处催刀尺,白帝城高急暮砧',白居易的'江人授衣晚,十月始闻砧。一夕高楼月,万里故园心'……除了诗歌和音乐,难道就没有别的艺术形式表现洗衣过程了吗?"曾园在这里把"捣衣"当成了洗衣服,显然是望文生义。

所谓"捣衣",就是把制衣的布料放在砧上,用杵捣捣软,然后再裁剪缝制成衣服。因为捣衣是缝制寒衣的前奏,那秋夜里清脆的砧声最能触动思妇的情怀,所以"捣衣"成了诗人吟咏的母题。后来,住在水边的女人们洗衣服,往往把衣服放在水边石头上,用棒槌捣一通。而居住在离水很远地方的女人,就发明了搓衣板。

搓衣板是什么时候发明的,史无可考。"搓"字最早出现在唐诗里,可知搓衣板的历史最早不过唐朝。如果说以前就有这玩意儿,不叫搓衣板这个名字,则史籍并无记载,推测不能成立。

但搓衣板的功能变迁我们却是历历在目的。洗衣机发明以前,这玩意儿主要用来洗衣服,兼职罚夫刑具。到现在,它的功能几乎完全演变为罚夫刑具了。网上流传一首题为《跪搓衣板》的歌词,其中写道:"我借你的钱/写在借条单/深埋在我熊猫枕头的下面/晚上不幸被我老婆发现/罚我跪搓衣板至今伤痕斑斑……"如果说这个调调有点扯淡的味道,那么另一个真实的故事就有着深长的意味。重庆歇台子渝州路葛先生的家中，有一块老式的木制搓衣板，木板中间锯齿状的凹凸部分十分光滑。这都是老葛常常跪的结果。今年41岁的老葛结婚16年了，刚结婚那段时间，老婆生气了总爱叫他跪搓衣板。第一次跪，老葛因为真的很疼爱老婆，不想惹她不高兴，想着也就是跪那么一会儿，又没外人看见，就顺了老婆的意。老婆看见老公这么听话，心想以后就用这招来"教育"他。于是，在以后的婚姻生活中，凡是葛先生惹老婆不高兴了，就会被罚跪搓衣板。开始的几年，也就是老婆不高兴了才会罚，渐渐地，不知为何，自己惹老婆生气的次数越来越多，自然跪的次数也随之上升。大概结婚第五年，基本是每周跪两三次，但那个时候已经不觉得是一种被罚的感觉了。第七年开始，差不多是隔天就要跪，算算跪搓衣板的次数至少也有两千次以上！就这样，葛先生跪成了瘾，连搬新房也舍不得扔掉搓衣板。"我常常小腿酸痛，跪了那个脚会舒服很多。现在我完全把它当成按摩器了，隔天不跪，就觉得浑身不自在。"

老葛说。

看见老公这样,老葛的老婆却十分悔恨当初的行为,"那时是生气了图好玩,没想到他现在落下这么个怪毛病"。

（2006 年 3 月 21 日）

黄色的不白之冤

黄色词义的演变特别沧桑。吾国历史上，无论人和事，一旦跟黄色发生了关系，身价一眨眼就狂涨千百倍。黄袍加身，那是九五之尊；黄道吉日，那是祥和良辰；黄帝子孙，那是自豪身份；黄金时代，那是鼎盛年轮；黄钟大吕，那是盛世强音；黄花闺女，那是梦中之人。黄色，昭示着尊贵，象征着富足，意味着经典。然而，黄有不测风云，色有旦夕祸福。某年某月的某一天，黄色正踌躇满志地屹立巅峰鸟瞰天下，突然一个失足，大头朝下咕咚一声就摔进了低谷。仿佛被人仰视的帝王将相，动机不明地犯了调戏妇女的错误，帝王成了流氓，将相变了色狼。这个不可一世的黄色从此龟缩着藏进历史的暗角，成为警察铁帚横扫的对象。

事情坏在一百年前美国佬办的一张报纸上。大名鼎鼎的漫画家奥特考尔特在普利策旗下的《纽约世界报》上连载连环漫画，主人公跟吾国漫画家张乐平笔下的三毛差不多，是一个衣衫褴褛、长着一口里出外进牙齿的小孩，身上披着一件麻袋片似的外衣。巧在《纽约世界报》率先采用彩色排印，偏偏就给小孩身上的破外衣印上了一层淡淡的黄色。奥特考尔特借这个孩子描绘发生在一个城市贫民区的种种荒诞事件，这在当时非常新奇，"霍根巷的黄色小孩"逐渐家喻户晓，报纸发行量陡然大增。这时候另一个报业大亨赫斯特掺和了进来，他见到"霍根巷的黄色小孩"给《纽约世界报》带来滚滚财源，不甘示弱，重金把奥特考尔特挖过来给自己办的《纽约新闻报》也画"霍根巷的黄色小孩"。两报竞争由此恶性加剧，竞相报道犯罪、性行为和暴力事件。例如当时古巴人反对西班牙统治的事件，就被两家报纸抓住死命渲染，结果直接引发了1898年的美西战争。虚夸的文字配上极尽渲染能事的插图，为这两家报纸赢得了在全世界空前的发行量，有时一天竟超过百万份。

面对两家报纸的恶性竞争，纽约其他报纸深感震惊。《纽约邮报》编辑沃德曼把这两种现象——耸人听闻的报道和竞相对"霍根巷的黄色小孩"的大肆渲染——牵连到一起，统称为"黄色报纸"。"黄色新闻"就是在此基础上演化出来的意义更广泛的专门术语。其实，所谓的"黄色新闻"充其量是"滥情主义"的同义词，并不确定包含我们今天理解的龌龊意思。到底"黄色"是如何被踹进下流泥坑的呢？我怀疑是蹩脚的翻译在移译过程中稀里糊涂没弄明白的结果，以讹传讹，直到今天，约定俗成了。黄色虽然"不白"，但确实有点冤乎枉哉。

（2005年7月22日）

荤昏的婚礼

镜头一：重庆市彭水苗族土家族自治县十字街上，一位新郎用一辆两轮手推车，推着身穿鲜红衣服、头戴鲜花的新娘慢慢前进。新郎身上挂着两张纸牌：身前的纸牌上赫然写着"强奸犯"三个大字，身后的牌子上则写着新郎名字；新郎脸上还被画上了八字胡。近百村民跟着他们缓缓向前移动。

镜头二：湖南某地一婚礼现场，新婚夫妇脸上被涂花，新郎下身吊挂塑料桶，身披蓑衣，头戴斗笠，肩扛大水瓢；新人的两条腿被人用红绳绑在一起，正汗流浃背地游街示众。一群闹婚者前堵后追，逼着新人高喊跟肉体恋爱有关的口号。

这不是在拍影视剧，而是现实中的真实婚礼。我只是从这几天的报纸上随便引了两个新近的例子，比这更花花的招数正不知凡几。闹房的风俗扩展为闹街，他们的日子过得可真热闹。

闹洞房的婚俗始于何朝何代，我也不知道。这方面的最早记载是在《汉书·地理志》，说是河北人嫁娶之夕，男女无别，可以胡搞。后来有所收敛，但终未绝迹，闹洞房或即滥觞于此。但婚礼上的戏谑，汉代就已成俗。据西汉人仲长统介绍，当时的婚礼，来宾对两个倒霉蛋新人，"捶杖以督之戏谑，酒醴以趣情欲，宣淫佚于广众之中，显阴私于族亲之间"。更有弄妇蛊婿，谑浪过度而至于死者，史籍辄有记载。比之眼下"强奸犯"的戏谑，有过之而无不及。

闹洞房的变本加厉，大概出于以下心理：一是日子过得太寡淡，淡出鸟来，就渴望刺激；而日常不如意事十常有八九，心里憋屈，想宣泄，也要寻找出口。二是本性中动物性的一面总是蠢蠢欲动，促狭整蛊恶作剧的念头，谁没有呢？从变态心理学的角度看，他人的痛苦往往是自己的慰藉，而窥破他人的隐私肯定能充分释放自己的快感。东非班图族的卡维龙人的婚俗是，新郎和新娘必须当着贺客的面上演云雨巫山的好戏。这样过瘾的婚俗，可能是"强奸犯"和披蓑戴笠背水瓢游街示众的策划者及追随者们梦寐以求的吧？

（2006年3月23日）

茂陵秋雨病相如

司马相如最困难的时候,临邛县县长王吉把他请到自己家里,特为他装修好一套大房子,请了保姆和厨子伺候。王县长每天必去相如住处嘘寒问暖一番。头几天相如还打起精神出来应酬一下,后来干脆躺起来睡大觉,把王县长晾在客厅里自我甩干。尽管如此,人家王县长仍然坚持每天必来,独自在客厅里坐上一会儿,跟保姆和厨子关照一番大才子的生活起居后,方才从容离去。

后世的人说，这个司马相如也太能装孙子了，穷得连凉水都喝不上，人家收留了你，以礼相待，你不感恩戴德也就罢了，还把自己当大爷，忒过分了！

其实不然。司马相如于人性洞察幽微，深知王县长如此礼遇的终极动机是要博得重视人才、虚怀若谷的美誉。他司马相如的价值就在于他是闻名遐迩的才子，而才子的外化就是那清高倨傲的架子。如果放下了这副架子，天天跟王县长牛皮马屁地附和，日久天长，人家王县长及比王县长还牛的大富翁还能把他放在眼里吗？

事情完全在司马相如的意料之中——县里的富豪卓王孙来找王县长了，让他必须想办法把司马相如请到卓府吃饭。

司马相如早就知道这卓王孙有个新寡的女儿叫卓文君，是个大美女。相如惦记着好久了，就是没机会下手，现在人家送上门来了，心中怎能不欣喜若狂呢！但老谋深算的相如按捺住心中的狂喜，拒绝了好几次，急得王县长都快哭了，才牛哄哄地踱着方步进了卓家的大门。人家卓文君也是心高气傲的主儿，一看这帅哥这么有个性，已自被折服了一半。及至席间相如弹奏了那曲回肠九曲的《凤求凰》，文君彻底地没了脾气——不管咋地，非此人不嫁了。

其实相如那曲勾魂的琴音，本就是为文君准备的，在家偷着练了好几百次了。琴心一挑，那美丽动人的卓文君当夜就跟相如私奔去成都了。

至于到了成都过不下去又折回临邛，在街边开个大排档，使文君当垆卖酒，自己穿个挽裆裤跑堂，自然也是相如的诡计。他深知卓王孙这种人爱自己的面子远远胜过爱自己的女儿，只有糟践他面子才能达到目的。果然，老卓头受不了了，派人送来一大笔钱和一大群仆人。相如两口子这才心满意足地回到成都，过上了幸福生活。

相如生活不规律，得了糖尿病，本应节欲养生。但他才不肯为了多活几年而过清心寡淡的日子呢。他爱文君，只要想要，就没时没晌地云雨缠绵。最终因频繁的性爱诱发痼疾，去了世外。

"休问梁园旧宾客,茂陵秋雨病相如。"近事已不可问,何况久远的悠悠琴韵乎?

(2006 年 10 月 13 日)

谁是报纸征婚第一人?

方刚著《社会学家的两性词典》"征婚启事"词条云:"中国第一则刊发于报纸上的征婚启事于20世纪80年代出现,引起轩然大波,成为当时中国两性领域一次重大的革命。"此说殊有未谛。其实20世纪80年代以后陆续发生的几乎所有新鲜事,早在五四运动期间就都发生过了,其中就包括"征婚启事"这样带有革命性的事件。

吾国报纸征婚第一人,是大名鼎鼎的章太炎先生。

太炎原配夫人王氏于1902年病逝。1903年，34岁的太炎先生在北京《顺天时报》上破天荒地刊载《征婚告白》，明确提出续弦五大标准：女方须是湖北人；大家闺秀，性情开放；通文墨，精诗赋；双方平等；夫死可再嫁，不合可离婚。告白既出，讥骂喧腾。道学先生，责以不经；遗老遗少，斥为越轨；其遭遇有如今日之李银河。名门闺秀，就是心向往之，奈众毁喧喧者何？是以广告刊出后十年之内不见应征者。直到1913年，经人介绍，太炎先生才与汤国梨女士珠联璧合，妙在汤女士恰与《征婚告白》中的五项标准密契欣合。其实，太炎先生未必就真指望那则《征婚告白》成事，他老人家就是要开风气之先，向吃人的礼教宣战而已。

民国时期的征婚广告，大抵男士征女者多。征婚者一般称自己是外国或国内大学毕业，现职现俸或家境优裕、体格健全等。欲求20岁上下、中学程度、品貌端正、性格温柔的女性为内助云云。这些条件，真是富有中国特色，铁定一百年不变。

至于女子征夫广告，真是凤毛麟角。1922年2月19日，上海《民国日报》刊载一则妓女征婚广告，实属广告史上的异数，谈征婚广告，不能不特地大书一笔。其文云：

> 香港水坑口东乐园一楼妓女黄雪花，二十一岁，籍隶琼州，雪肤花貌，颇通词翰，亦其中之翘楚也。迩以情厌烟花，蓄愿从良，只以走马章台者，大都无惜玉怜香之真心，乃登报招夫，冀于人海茫茫中，得一知音，该妓存心亦良苦矣。至被招之年龄，以二十二至四十三岁为合格，身价二百二十元，条件面订。其招夫文云：自维陋质，少堕烟花。柳絮萍轻，长途浪逐。茫茫恨海，谁是知音？黯黯青天，未逢侠士！孽缘已满，凤债堪偿。无奈未遇知音，难奏求凤之曲。每念红粉飘零之苦，同抱天涯落拓之悲。好景无多，名花易谢。雅不欲托报章而择配，登告白以求凰。翻考红粉颜羞，难免文人讥讽。奈何东皇力薄，护花无方。章台作客，大半争

逐风尘。惜玉怜香,花丛稀见。叹年华之逝水,付夙恨以何如。若蒙君子如司马之多情,小妹具文君之慧眼。不弃花丛贱质,请速惠临。

至于后事如何,未见有下回分解。但那结局,也自可想见矣。

（2006 年 11 月 24 日）

嫉　妒

"嫉妒"两字都从女,"妒"字异体也作"女"旁加"石"。从字面考察,意思是嫉妒归女人独有。"妒"标明泼醋的地点主要是在门户之内;"嫉"是说醋意大发,能弄出疾病来,病入膏肓,肉心就变成冷硬的石头。《说文》只有"妒"字,本义就是"妇妒夫也"。"妒"条下是"女"旁加"冒"字(音"冒"),专指丈夫嫉妒妻妾。"女"旁加"冒"这个字我用全拼打繁体字都打不出来,证明这个字因为生存空间太小,发育不全，早夭了。

"嫉妒"是很要命的东西，去年本市有妇女泼醋，用剪子把老公的命根子连根铰断，扔马桶里哗哗哗冲到爪哇国去了——这是嫉妒的当代极端。两千多年前，秦国大将石某战功赫赫，而妻子强悍多醋，石某就想杀掉她。某日妻子一人独处，他觉得时机到了，当夜派人去行刺。谁知他妻子勇猛异常，用手抓住砍来的刀刃，大喊救命。婢妾闻声群来捉贼，刺客的剑环被打折后匆忙逃走。妻子的十个手指都受了伤，但谋杀行动流产了。过了几年，秦国灭亡后石某到了蜀国。蜀王派遣石某带兵驻守褒梁，他又在军营里召募侠士到家里刺杀妻子。褒梁距离蜀都几千里，侠士提着刀，怀里带着石某的家信，长途跋涉来到了石某的家，说褒梁来的家信到了，主人命令要面见夫人。夫人高兴地出来相见，就在夫人捧接书信之际，侠士挥刀砍来，夫人的女儿半路冲出，举手接住了刀刃。外人听到砍杀声后纷纷前来相救，女儿的十指全被砍伤，而杀妻阴谋再度流产。过了十年，蜀国灭亡，石某回到了秦地，跟怎么也杀不死的妻子白头偕老，死在乡间——这是嫉妒的古代传奇。

　　由嫉妒引发的行为，在女人为下手太黑，在男人为用心太险。嫉妒从女从疾从户，十分准确，就是女人在家里狂掀醋坛子，针对的只是老公一人。女人的嫉妒能造成家庭悲剧，男人的嫉妒可导致社会动乱。窝囊如石将军，处理嫉妒的手段比猪还蠢，是个特例。换了像吴三桂这样的枭雄，"痛哭六军俱缟素，冲冠一怒为红颜"，醋坛子决堤，把千百万人的命根子都冲到下水道去了，只有男人才有这个本事。

（2005 年 12 月 3 日）

仓庚鸟煲汤疗效如何？

嫉妒心根于本能的发动,所谓江山易改,本性难移,外力的作用是无法根除嫉妒的。一般人认为女人的嫉妒心要强于男子,这纯属扯淡。事实上,男人的嫉妒心不仅不比女人稍弱,而且其卑鄙程度和危害性远比女人厉害。之所以形成妒妇烈于妒汉的印象,完全是男权社会统治的结果。在很长很长的日子里,女人只是男人豢养的动物而已。她在家从父,出嫁从夫,夫死从子,一辈子注定了一个"从"的身份。学者舒芜说,这个"从"不是轻轻松松的,而是从道德上、文化上、社会上、经济上、政治上……从人类生活的一切方面,加以严酷的禁锢,一个女子就是一个披枷戴锁,身负脚镣手铐的重囚。几千年来就是这么一个秩序,男子视为当然,女子自己也视为当然。在这种情况下,男人的妒就主要体现在社会交往和工作环境里,在家,他根本用不着妒。而女人的妒,多为男人的蓄妾宿娼而发,这是天性之妒,因为影响了男人的快活,所以为男权社会所不容,"妒"字由是列入"七出"之条,妻子敢妒,可以依法炒她的鱿鱼。可见,所谓女子善妒,纯属不公平竞争的结果。

当然也有女子悍妒撒泼、男子隐忍不发的特例。这或是女子有过人之处,抓住了男人的把柄;或是女子的家庭背景坚挺,男子惹不起。汉奸郑孝胥娶的是淮军将领的女儿,这女人特别厉害,郑孝胥要敢去小老婆那里过夜,她就跳脚暴骂,声震屋瓦,把老郑头吓得直尿裤子。但更普遍的是女子因妒遭殃,如南齐时被封了侯的大官刘休,妻子喝醋太凶,皇帝下令开个小杂货店,专卖肥皂、发卡、笤帚，命刘休的老婆以高干家属的身份去站柜台，以示羞辱。元代法律也专为女人嫉妒规定了制裁条文，把妒妇押上竹子扎成的破车，在大街上游行示众，侮辱一番。最有意思的是南朝时的梁武帝，皇后郗氏总是干预他跟嫔妃成就好事，但皇后的鱿鱼可不是说炒就能炒的。梁武帝愁得睡不着觉，左右大臣献策说，用仓庚鸟煲汤可以疗妒。御厨立即逮仓庚而煲之，据说郗后喝了之后，嫉妒的毛病确实有所减轻。武帝大喜，从妃子的床上爬起来，就要犒赏献策的大臣。不想大臣又有话说：皇上啊，请你下令多逮些仓庚，多煲几锅汤，赐给所有臣下，让他们每天都喝一碗，但愿能"使不才者毋妒于有才；挟私者毋妒于奉公，浊者不妒其清，贪者不妒其廉，亦助化之一端也"。嘻，所谓仓庚汤者，不过是治疗男人嫉妒症的药引子而已，然则妒汉为祸之烈远甚于妒妇，也就昭然若揭了。

（2005 年 5 月 10 日）

总算出了一股恶气

几千年来,男权社会一直将嫉妒视为女人特有的恶德,历朝历代,都立有制裁妒妇的法令。妒律所针对的对象,主要是大户人家的大老婆。在封建礼教秩序下,大老婆是一家女眷的总管。一般来说,大老婆往往被老公冷落,很久得不到夫情的滋养,多少有点心理变态。她的妒火不敢烧向丈夫,只好拿手下的妾辈、丫鬟辈出气。因为变态,下手就没有轻重,手段之残忍,简直骇人听闻。明初,朱元璋赐给开国元勋常遇春一个丫鬟,此女生了一双粉嫩修长的玉手，令常遇春非常迷恋，时不时就要摸一摸。有一次正摸着呢，被结发妻看见了，大怒，竟剁下了美女的玉手。朱元璋获知原委，派卫兵到常遇春家里，杀了他的妻子，大卸八块，煮成羹汤，赐群臣各饮一碗，号称"悍妇之肉"。

饶是如此，皇帝匪夷所思的杀威棒仍然煞不住妒风横行。不知有多少小妾在大老婆的淫威下或丧胆或丧身体部件或丧命。盖嫉妒出于本能，非律法所能禁绝者。有个叫陈元龙的海宁人，性格有点柔弱，面对胭脂虎的凶悍，一肚子气无处发泄，就比照大清律法自编了一部《妒律》，其中有几条特别好玩，如：一妇婚后多年无子，怕人非议，假意为夫纳妾，私下里却把妾打入冷宫，不准她与丈夫接触。比照大清律之"田地荒芜罪"，杖七十，徒刑一年半。又：一妇一天二十四小时不管走到哪儿都带着丈夫的爱妾，连上厕所都带着。比照大清律之"拐带人口罪"，杖七十，徒刑一年半。又：一妇发现丈夫嫖娼，令其端跪床头，自己却假装睡觉，到半夜仍不发落。比照大清律之"行政不作为罪"，杖一百，徒刑三年。又：一妇趁丈夫出差，私下里将丈夫怀有身孕的爱妾低价卖给一个捡破烂的老头。比照大清律之"监守自盗罪"，杖一百，流放三千里。又：一妇与丈夫因宠爱小妾发生口角，回娘家招来几个兄弟，将丈夫及其爱妾狠揍一顿。比照大清律之"假冒警察罪"，杖七十，徒刑一年半。又：一妇为丈夫爱妾卧室打家具，命木匠只打造一张窄小仅容一人独卧的小床。比照大清律之"制造假冒伪劣产品罪"，抽四十鞭子。又：一妇因丈夫要去爱妾处过夜，乃身先诱敌深入，及至酣战良久，已挫其锋锐，才放老公前往妾所。比照大清律之"挪用公款罪"，杖一百，徒刑三年……这些虽是纸上谈兵，做不得数，但总算出了懦汉胸中一股恶气，此亦阿Q的先人也。

（2005年5月10日）

怕老婆

怕老婆这种事现在非常普遍，所谓家庭暴力早就不是一面倒的男欺女了，鄙人曾亲眼所见一七尺男儿被老婆揍得鼻青眼肿。怕老婆盖出于以下原因：一是老婆虎背熊腰，打不过她反倒经常被她弄得浑身淤青，久之就心生畏惧，老婆刚要瞪眼，立马就腿肚子转筋了。二是总干一些对不起老婆的事，怕她知道，连带着见了老婆就惴惴不安，老婆无意中说的话都入耳惊心，以为她是在敲山震虎，于是更怕了。三是老婆无疑是鲜花，自己确实是牛粪，只好任她娇叱柔打。四是老婆及其家族有钱有势，想不怕都不行。

怕老婆和怕老公一样，都非人生的常态。有人认为怕老婆是女权运动的胜利，这纯属扯淡。女权运动的目标本来是反男性奴役的，吵着嚷着竟然出现了奴役男性的苗头，再这样下去，说不定哪天就冒出了男性解放运动。其实，就在奴役女性最肆无忌惮的时候，也有很多男人在家里是很受气的。唐朝有个李廷璧，诗词歌赋写得很漂亮，官做到"舒州军区副司令"。老婆生性多疑，为人善妒。一次，李廷璧在铃阁接连参加了几个宴会，三宿没有回家，老婆就让人传话给他说："等你回家后我就宰了你！"李廷璧将此事哭哭啼啼地告诉了舒州太守，自己躲进寺庙里居住。一连十二天没敢露面，在庙里写下《咏愁》诗一首："到来难遣去难留，著骨黏心万事休。潘岳愁丝生鬓里，婕妤悲色上眉头。长途诗尽空骑马，远雁声初独倚楼。更有相思不相见，酒醒灯背月如钩。"真是郁闷死了。

事实上，恐惧中的婚姻生活是最不人道的。两性社会学家方刚说，一夫一妻制将一个男人和一个女人圈在一起，使他们的生物性服从文化，抑或文明，抑或进步，抑或其他。但是，这个男人和女人又总在不断地偷偷地进行着反叛，使我们的文化、文明、进步显得如此脆弱又如此荒诞。我们因此无法搞清，一夫一妻制到底是代表着人类的进步呢，还是代表着人类奴役、束缚自我的进一步加剧呢？

（2005年12月7日）

封建帝王有人性吗？

我曾经向人请教过：封建帝王有人性吗？被我请教的人几乎不假思索地说：当然有呀！说着还用异样的眼光瞟我一下，意思是这小子是不是IQ卡的密码被盗了。我当然不能怪罪他们，毕竟没有过当皇帝的经验，也没有认真思索过这个问题，只是凭着常识脱口而出罢了。事实上，封建帝王是没有人性的，他们在登基的那一刻起，就已经被封建制度异化为非人了。有时候是神，有时候是鬼，但决不是人。或曰：皇帝也吃饭，也排泄，也打鼾，也放屁，怎么不是人，其实，这只是大家共有的动物性，而不是人性。

翻翻《资治通鉴》，看看二十四史，哪个皇帝跟正常人一样干过人事儿呢？秦始皇割了七十多万人的卵蛋，让他们去修阿房宫；司马迁从人之常情出发为李陵说了句公道话，被汉武帝割去了卵蛋。世界上还有比割卵蛋更不是人干的事儿吗？这比径自杀了更残忍。人是干不出这些事情的，只有皇帝能。

从最能体现人性色彩的家庭生活来看，皇帝的婚姻与家庭生活明显具有"非人化"特征。以唐玄宗为例，这个老色棍后宫四万人，其中包括从儿媳妇升级而来的杨贵妃。后宫的职能其实只有一个，就是陪皇帝睡觉。就算他皇帝老儿是钢铁炼成的特殊材料，一天能临幸两人，然则四万宫女轮一圈也要半个多世纪呀。皇帝的老婆，除了皇后可能由于政治联姻的需要而不一定讲究长相，妃子们可都是千里挑一、精益求精的。设身处地想想，一个如花似玉的女孩，刚长成就被弄进深宫，终其一生都可能见不到男人。明媚的春天里，柳丝披拂，春水微漾，她们在怀春的季节里无春可怀，享受不到销魂的性爱，远离亲人的呵护，没有子嗣承欢膝下，整日面对太监死鱼般的白眼。日复一日，年复一年，没书可读，没电视可看，没互联网可上，没游戏机可玩，一生不能回娘家，一个正常人所有的感官享受和精神滋养都跟她们无关，就这样慢慢变老，满头白发，秋风秋雨中面对一盏摇曳昏暗的秋灯，凄凄惨惨戚戚，一窗昏晓，送走似水流年。这是何等灭绝人性的人生图景啊！即便幸运如杨贵妃，"春从春游夜专夜""兄弟姐妹皆列土，可怜光彩生门户"，一旦"渔阳鼙鼓动地来"，最终"宛转蛾眉马前死"，仍然逃脱不了被皇帝老公出卖为替罪羊的可悲命运。一曲《长恨歌》，人皆谓皇帝也有人性，也爱得死去活来云云，实则帮闲文人的无耻粉饰而已。

（2005 年 4 月 21 日）

当女人做了皇帝

封建帝王从登基的那一刻起,就被封建制度异化为非人,这是不争的事实。我在这里再提出一个更有力的佐证。女人,水做的女人,温柔贤淑,似桂如兰,是人性人情的集大成者。但是,女人一旦成了帝王,身上的人性光辉立即消失殆尽,她们亦能干出灭绝人性的事,令男性帝王自愧不如。

吕雉是汉高祖刘邦未显贵时的原配,孝惠帝就是她生的。当刘邦为汉王时,又娶了定陶一个叫戚懿的女子,刘邦十分宠爱她，跟她生了赵王如意。因为孝惠帝为人处世常透着人情味儿，刘邦认为不像他，当不了皇帝，就想废太子改立戚姬之子，吕后因此恨透了戚姬和她的儿子赵王如意。刘邦一死，吕后掌权，立即毒死了如意，然后便斩断戚姬的手脚，挖去她的眼睛，烧焦她的耳朵，给她灌了哑药，把她扔进猪圈里，称她为"人彘"。几天后，吕后招儿子孝惠帝来看"人彘"，孝惠帝看了，询问之后才知道是戚姬，放声大哭，从此病了一年多不能起身。他派人跟亲妈吕后传话说："这不是人能干出来的事！"

武则天一点不比吕后差，她一边培养特务，一边物色面首，精力旺盛得很。当时很多人给她推荐枕边服务生，有个叫柳模的人，向武则天郑重推荐自己的儿子，说他长得很白，而且胡子特别性感；还有个门卫叫史侯祥，说自己"阳道壮伟""堪奉宸内供奉"。武则天最宠爱的面首叫薛怀义，有露阴癖，曾经喝醉酒后在洛阳大街上"露其秽"，把行人吓得够呛。至于杀人，她可以亲自动手杀掉自己的亲生骨肉而不眨眼，就别说杀大臣和老百姓了。

其实,这些女人在没有掌权的时候还是很正常的、有人性的。比如慈禧太后,她还是懿贵妃的时候,曾蒙咸丰皇帝特恩惠赐回家省亲一次。那天,太监和侍卫护拥着她的黄轿至其家中,慈禧的母亲率家人亲戚大摆筵席,因为慈禧是皇帝的小老婆,所以她母亲只能在下首作陪。慈禧虽在宫中数年,性情毫无改变,谈笑一如往昔,毫无骄傲之容。家中各事皆殷勤垂问,尤以其妹读书为怀。人人见慈禧度量广大,性情温和,莫不称赞。天伦之乐,充满温馨亲情。唯冬天日短,转瞬即暮,太监催请回宫,慈禧恋恋不舍,与母亲依依惜别,从此再未回过家。及至当了垂帘听政的太后,"一阔脸就变",那个充满人情味的女孩兰儿从此人间蒸发,一个昏聩狠毒、毫无人性的老婆子就此横空出世了。

(2005 年 4 月 26 日)

我们再和姜威聚聚(代跋)

编者按:本书作者姜威2011年11月7日去世。之后几天,深圳媒体陆续编发纪念特辑,现择其中数篇怀念文字,略加删削,汇编于此,供读者领略"威风"之一二。《深圳商报》副刊《文化广场》的特辑编者说得好:我们"邀请姜威的挚友们和他在这里重逢,不为悲痛的追悼,不是为了告别的聚会,而更像是一向爱热闹的姜威所喜欢的那样:风流云集,知己满堂,佳人醇酒,阔谈高歌,再共一场曲水流觞的雅集"。

陈湘阳的那首《别姜威》也写得好："道穷山河病，秋雨送飞鸿。云天应无羁，人间自有情。尘封书箧满，心断诗囊空。何日身复在，共暖酒旗风。"而《深圳特区报》《怀念》特辑的编者则把姜威点评一番，说得十分精彩："姜威其人颇有魏晋风度，民国气质。平日说话又彪悍又柔软，嬉笑怒骂间粗而不鄙，十足江湖豪情扑面而来。他评点各类时事热点忍不住会爆几句粗，犹如火锅里粒粒花椒，寡淡立破，格局一振。那种参差有致的风骨，优美而料峭，让人难忘……"

王绍培：才子姜威

今年（2011）春节之后，我们《深圳周刊》的几个前同事去姜威家里看望他，他看上去只是消瘦，精神倒还不错，仍然吸烟，谈笑自若，讲自己的病情，好像在说别人的好玩的故事。1994年，我在编辑《街道》杂志时，接到一封读者来信，是写在宣纸上的毛笔字，隽秀的书法，而行文也是文言文。信的内容大致是为余秋雨讲话，因为《街道》不久前刊发了陕西诗人伊沙批评余秋雨的文章。信里说，当此文化没落之际，出了这么一个文化人，我们应该珍惜（大意）。信末署名：姜威。不久之后，我就第一次见到了姜威。那天黄中俊的老师陈思和来，姜威请吃饭。是在一家餐厅的包房，姜威跟我等微笑点头，仿佛相识已久。后来，姜威买单，三天一小聚，五天一大聚，座上主要是一群《文化广场》的作者，能够招呼到的都来，不嫌其多。一次，为了一个什么问题，姜威跟胡野秋争论，姜威把酒杯摔碎了。在胡洪侠和姜威的张罗下，我们见了很多有意思的人，诸如邓云乡、余秋雨、靳飞、张冠生、胡文阁，等等。

那时，姜威不时在《文化广场》发表作品。记得钱锺书的《石语》出版，姜威写过一组文章，考证其中的掌故。写这种旁征博引的有些考据修订意味的文章，姜威最为擅长。不过，我觉得他最厉害的是旧体诗。写诗在他几乎就是信手拈来，他的旧体诗看似打油，其实多少有些近聂绀弩，打油不过是外貌，骨子里有他独特的风情，甚至是沉痛。旧体诗帮他做很多事情，他用它记录自己的交往,评点时事,抒发感慨,甚至进行论辩。一次,他写诗说我的一篇文章是"诛心之论",然后给我打电话让我赶快去"拜读"。

作为一个真正的才子,他跟很多女孩儿关系不错,他懂得女人的美和可爱,他跟她们的交往,亦庄亦谐,但骨子里是怜香惜玉和敬重。他曾经用旧体诗的形式,写他结识的女孩,婉而有讽,妙趣横生,那是他最好的作品之一。南方朔曾经在饭桌上说,文人不风流,算什么文人?我以为这里所谓的"风流"其实是一种对于异性之美好的"易感性",毫无疑问,这方面,姜威也是"易感"的人。

姜威当然还是一个"书痴"。我见过他年少时手抄的一本小说,蝇头小楷,装订得工工整整。在他的书房,很多书都是他自己做的,一些书被他重新配图、装帧、题名。他的书房可能是这个世界属于他的最好的一个角落,那里有很多珍贵的线装书,有许许多多人体摄影作品和油画、工艺品,还有李叔同的一幅画《一百零八罗汉》的真迹,他说那是他的镇宅之宝。他用漫长的努力为自己营建了一个精神家园。

去年秋天,我们后院读书会的一帮朋友去他家看他的收藏,听他讲有关书的故事。吃饭的时候,他说到不久要去湖北的薤山休养,说那里风景绝美,人迹罕至,问我们有没有兴趣同去。过了几天,他在薤山,电话邀游,可惜我们未能前往。薤山犹存,姜威不在。姜威那时多希望有朋友跟他一起聊聊啊。现在想起这件事不禁有一种隐痛。

张冠生:古风入骨

与姜威相识,始于《深圳商报》复刊之初。真正交往起来,则在我离开深圳以后。屈指算,已历二十年。曾经共一城风雨,后来分京深两地,自然有书信往还。手边所存朋友书信中,常以毛笔竖写于老式笺纸者,邓公云乡先生之外,唯有姜威。他写信,字取繁体,多为行楷,发为文言,语句清通简洁,读来古风扑面。纸角所钤红泥线篆"色香味居",更是其独家标记,既表达文人趣味，更代表着一大笔性文化器物及图文收藏，仿佛魏晋竹林风流才子知名书斋再世。其中收藏之宏富、格调之高雅，相信有机缘探访者无不叹为观止。

前年往深圳，公务之余，住在姜威家中。凌晨两三点结束茶话，将息之前，特意去其书房，独自待了一阵。本是随意浏览，察其新藏，观其群书，竟致睡意全无。流连忘返之间，不觉时光流逝。静寂中，窗外远有狗吠，近有秋虫，恍然间，想起青灯黄卷，似见悬梁刺股，念及"鸡鸣茅店月，人迹板桥霜"。为此担心东方既白，唯恐这番意境被曙光破掉，赶紧回到客房，带入梦乡。姜威处处散发古趣，自然天成，如同吃喝拉撒，不事伪装，也装不出来。经营色香味居，仅是其古风一端，日常生活中则随处可见其散淡、落拓和率性。慢说平日喜好聚众饮酒，千金散尽，便是前程大事，也在"放下"之列。媒体工作本来挺好，又在重要岗位，收入不薄，但他合意则留，不合意则走，且不止一次。某日接他信函，告"弟瞎折腾，今年五月又辞公职，下海与几个朋友合伙办了个文化公司。最近有个想法，想跟兄商量"。

我为沈昌文先生做口述自传,曾给姜威看"全本"电子版。该书出版后,他知是"节本",随即自印全本,写上题跋,记录始末,送与我和沈先生。思念这番高谊,至今犹觉和煦。与姜威相处多年,相见无事,别来思君。如今作长别,当会长相思。试拟一联,描摹挚友,以志追怀:表俗骨清吟诗纵酒博雅君子至情至性,琴心剑胆呼朋唤友快活神仙敢作敢当。

靳飞:亲爱的长兄

我和姜威相识整整二十年,他也像兄长一样爱护了我二十年。二十年前,我尚是见棱见角,好与众不同而难免轻狂,好学而更好别出心裁,吴祖光先生说我能"化腐朽为神奇",其实,"腐朽"还仍然是"腐朽","神奇"亦未必"神奇",只是老先生们能容得我罢了,同辈人里,能容我的却是不多。我不知道姜威到底怎么看我,但他绝对是肯于容忍我的一位,甚至是有些许欣赏。这是令我极为感念的。很快,这一点感念又扩大为感激。在我移居东京初始,举目无亲,言语不通,无法与人交流,深陷寂寞无助之中。姜威兄几乎是每周都要给我打个电话,闲聊片刻;电话以外,还写信给我,寄书给我,寄诗给我,在深圳报纸上写文章介绍我。身在异国,接受他的这份友情,诚是一种莫大享受。此次我到深圳与他作最后告别,开车来接我的是他的五弟。我们谈话时得知,这位年仅30岁的小五弟留英期间,姜威也是这样照顾他的。事隔十几年,人隔两重天,我才了解到,姜威所给予我的待遇,是等同于胞弟的。而彼时,我们不过是认识两三年,见过几次面而已。他的躯体已然冰冷,他留下的感情反而愈加炙热。

张清:约姜威爬山

2005年仲春,我喜欢上爬山。开始是我自己,后来约朋友去爬。记得是在那年六七月里约到姜威。姜威初听不愿意同去,说这么热的天气爬山,神经病啊!

但随后还是被我们拉上了。拉他第一次去是爬小梧桐。爬这条线，我们一般需40多分钟即登顶。因姜威常年上夜班或熬夜气力虚弱，又不习惯攀爬，他走一段路就要坐下来歇一歇，有时干脆寻大石席地而卧，嘴里还嘟嘟囔囔发表不满。我们迁就着他，走走停停，时而鼓励，时而挟持，后来登顶，花了近两个小时。山顶有家饭馆，大玻璃窗，卖茶卖酒，我们叫了冰啤。喝啤酒，透过玻璃窗俯瞰深圳河、深圳城、深圳湾及对面香港的青青山峦，这时姜威来了精神，兴致大发，嘟囔变作高谈阔论，一时不亦乐乎。

第二次约姜威去爬山，他迎面给大家一个惊奇。他穿着登山裤、登山鞋，戴着旅行帽，还拿出一支专业的登山杖，装备齐全，俨然一个职业驴友模样，把大家都逗乐了。那时，我们都没有这么多装备，就故意嘲笑他，他既有点得意，又有点尴尬，说：那我得准备呀。

其后，姜威算正式加入我们的爬山队伍，不过，前后时间也就两个月左右，总共和我们一同去爬过五六次。我们一同爬过小梧桐、大梧桐、梅林后山、梅林特区管理线和塘朗山。爬大梧桐，我们未能登顶，只到了好汉坡。大梧桐山间树高草深，时闻鸟声。我们一边爬山一边聊天。不知何以谈及《诗经》，姜威随口背了一节《论语》："小子何莫学夫诗？诗可以兴，可以观，可以群，可以怨；迩之事父，远之事君；多识于鸟兽草木之名。"令我当时绝倒。

橙子：想起威哥，笑得像开花馒头

……好吧，不提才子佳人不说书香版本，就说说十年前我们在一起认真鬼混认真无厘头的段子，用欢乐记忆纪念威哥，他必定赞许。刀耕火种激情燃烧的互联网初年，没有微博，没有3G，没有iPhone。是时至 IN（潮流）之人都泡坛子，我们这伙子人在当时很拉风的万科周刊论坛一人占了个山头当斑竹（版主），晚上聚众混完饭，深夜各自回家，分手的时候，天涯若比邻的威哥庄严指示，到家即刻上网，不得延误，坛子见！上班甫坐下，跟坐在斜前方威哥打招呼的方式是，坛子上发个帖子：小心后脑勺！看着他揪心地摸下自己的后脑勺，这才收心干活。

那坛子混的，坛上坛下沉瀣一气，友谊纷争，打架斗殴，相亲相爱，目遇成情，千里奔袭，无限可能，风流文本，恣肆虚掷。威哥还炮制了《万科坛子十大女杰青登徒版》（他的网络主 ID 是登徒子，其他小号还有二傻、兔子、残阳如血等），这是我首次也是最后一次忝列十大，获奖评语是：

> 橙子是俺亲同事，满脸才华像红日。俺逢小雨不打伞，功劳全归该同志。笔端蕴秀临霜写，口角噙香对月吟。数去更无卿快乐，看来惟有俺知音。
> 旁白：她长得很国泰民安……

我们为了互相取暖一起泡坛子慢慢混到老，很年少不敢忘耄耋地要集资建所名为"死得其所"的五星级养老院（当然了大头肯定是威哥赞助，就像威哥常常斜挎装满现金小黑包请客吃饭喝酒一样）。威哥还草拟了严密章程,对各自分工合作进行了人尽其才的安排。威哥说橙子体格壮("国泰民安"嘛),适合负责所里保安工作和伙食管理,带出一只随时对外能惹事、对内能添乱的保安队伍,并为所里同志们准备崩掉最后一颗牙的伙食是你的职责。至于藏书家OK先生作为图书管理员,虚拟愿景是常常强行发书、组织读书学习,为了老糊涂们撕书玩,可能发的都是硬壳精装书。

威哥病重去看他,盼他挺住,老了还指着住他给盖的"死得其所"呢。威哥说,我得的是保留(瘤)性神经病(就是瘤子不能切只能保且已压迫神经的意思),瘤儿长势喜人,既然神经了,就要有把"死得其所"建在香港青山医院旁的气魄。瞬间大家笑得啊……直到昏迷之前,每次去看他,他都能把我们逗笑,无论多痛。

郭红飞:威风,耳边依旧

初见姜威,是临近《深圳晚报》创刊时的采编人员大会,他从《深圳商报》支援加盟晚报。他不说话,但坐在那里就比较显眼，穿一件大翻毛领的皮衣，看上去很"土豪"，又留着蓬松的长头发，很文艺。

很快就见识到了他文艺的一面，姜威是一版编辑，一篇稿子的眼睛就是标题，如何让这双眼睛炯炯有神，全在编辑的功力，而姜威每天都有好标题出手，一篇篇稿子被他打理得漂漂亮亮地出现在版面上。这些标题往往出人意料，令人拍案叫绝。时间的久远虽然已经模糊了我的记忆，但是有两个一直让我脱口而出："旅游鞋 屡有邪""九点九分的月亮十分圆"。他的标题还经常化用一些古诗词，还时不时诌两句打油诗，他自诩为姜打油，但是在报社里、圈里圈外传得更响亮的是另一个绰号——"姜标题"。

我是因书与姜威慢慢相识、相熟，并成为好友的。他在晚报创刊不久，就暂时离开了晚报。他办过杂志、搞过出版、趴过网，还有就是与这帮爱书的朋友们啸聚。绝对是呼啸之聚，他嗜酒嗜烟嗜书，更嗜江湖，他愿意和大家聚在一起胡吃海喝，为一个文学问题打赌斗酒拍桌子，为一本书撒泼耍赖闹脾气，他爱魏晋风流。

2000年,他又回到了晚报。对文化的偏爱,催生了《深圳晚报》系列文化副刊的诞生,比如《新闻杂志》,比如《阅读周刊》。记得在他的组织下,我们用一个晚上的时间组织了八个版面的《巴金逝世专辑》,《阅读周刊》对现代文学的关注,其中也有他个人的偏好。他还时不时给当时的副刊部塞两条稿子,那可是编辑的幸事。"是黄裳先生的手稿复印件,"他嘿嘿一笑,"原件我就留下了,你们发下吧。"他和许多文化老人是忘年之交,钟叔河、张中行、范用、黄裳、邓云乡等诸位先生,都和这个深圳小友处得不错,常有信函往来,或来深由他接待,或他登门拜望。这种缘分,让我等艳羡不已。

邓康延:兄弟姜威

姜威走后,"音容笑貌"这几个字托着他的意象,让我不能自已。1992年我们各自从西北、东北来到深圳,各供职于媒体,两年后相识相知。我们早先的世界不同,而世界观却很是契合。姜威曾为《深圳晚报》副总编，常加夜班。他生怕值班时漏了什么新闻，倚仗晚报可晚出优势，尽力在网上或早报里择出他认为该登未登的消息，有时还会大清早打破我的梦切磋标题，让我又气又不能气地跟他讨论。有时我写东西遇到词义或人物把握不准，随手抓起电话打给他，大多他能娓娓道来。

2006年，一帮朋友拍片去欧洲，我俩作为拿破仑流放岛上的主讲嘉宾对话，听着他滔滔不绝的评说，我插了一句非台词：何以见得？他一愣，又嘟嘟解释，说了一半猛觉不对劲，反问一句：愿闻其详。摄像师先忍俊不禁了。拍摄完，我二人未随大部队去购物，而是沿小路去探海。路旁皆是静谧雅致的别墅。我俩各啃了一个苹果拾阶而下到碧玉般的海边。他面对海天一色长叹一声：这才是生活啊。

姜威见地超人，但用词有度，即使吃酒半醉友朋争执，也不会刻薄伤人，多以自嘲收摊。早年他与人政治观点交锋，立场分明，不会妥协，待日后将世事看得透彻了，办报做生意都历阅了，反倒看淡了，不再深辩,"说什么都没用"。世事洞察后的是文章,也是无奈和悲凉。他是最早善用互联网的圈中人,下载些各国艳色,更搜集历史珍闻、家国真相,并认真编纂、修订,加标题按语,以家中一整套设备,自制打印成精美的书籍,分送好友。从读书、搜书、藏书、写书,再到自己动手做书,是他书生的本色,是他一生的书生。

2011年春,我做纪录片《先生》,讨论中他对民国大师如数家珍,说完他冒出一句:什么时候做小姐?众笑。我俩对视几秒后宛如默契:好,就做民国的小姐,《民国名媛》。没多久他发给我一篇人物大纲、照片和一些故事,并告知:老哥,太痛了,可能再帮不了你了。

姜威离世5小时后的2011年11月8日凌晨3点多,我给他发了一条他看不到也未必看不到的微博:

> 如酒性灵如书品行如月友情如不走该多好,
> 　是风啸聚是雨润气是云飘逸是兄弟却远离。

精品栏目荟萃

《副刊面面观》（李辉　编）

《心香一瓣》（虞金星　编）

《纽约客闲话精选集　一》（刘倩　编）

《多味斋》（周舒艺　编）

《文艺地图之一城风月向来人》（孙小宁　编）

《书评面面观》（李辉　编）

《上海的时光容器》（伍斌　编）

《谈艺录》（刘炜茗　编）

《问学录》（刘炜茗　编）

《名人之后》（沈秀红　编）

《纽约客闲话精选集　二》（刘倩　编）

《编辑丛谈》（董小酩　编）

《本命年笔谈》（严建平　编）

《国宝华光》（徐红梅　吴艳丽　编）

《半日闲谭》（董宏君　编）

《云泥鸿爪一枝痕》（王勉　编）

个人作品精选

《踏歌行》（陈娉舒）

《家园与乡愁》（李汉荣）

《我画文人肖像》（罗雪村）

《茶事一年间》（何频）

《好在共一城风雨》（胡洪侠）

《从第一槌开始》（剑武）

《碰上的缘分》（王渝）

《抓在手里的阳光》（刘荒田）

《阿Q正传》（鲁迅）

《风吹书香》（冻凤秋）

《书犹如此》（姚峥华）

《泥手赠来》（黄德海）

《住在凉山上》（何万敏）

《老解观象》（解玺璋）

《犄角旮旯天津卫》（林希）

《歌剧幕后的故事》（薛维）

《色香味居梦影录》（姜威）

《走读生》（李福莹）

《回家》（朱永新）

《武艺十八般》（萧乾）

《一味斋书话》（熊光楷）

《收藏是一种记忆》（剑武）